海外詩文庫
15

W.C.Williams

World Poems

ウィリアムズ詩集

原成吉 訳編

Shigeyoshi Hara

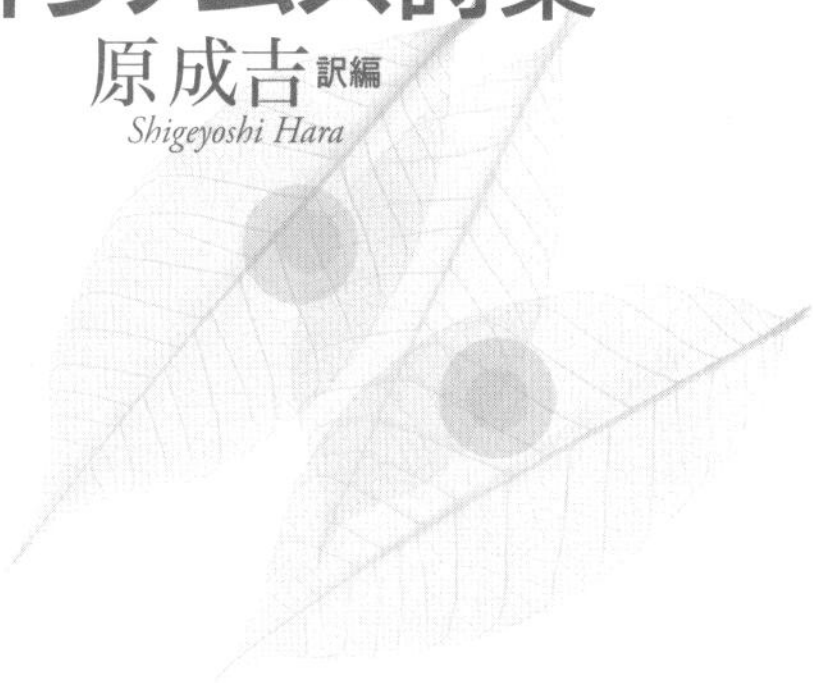

思潮社

海外詩文庫15

World Poems

ウィリアムズ詩集

William Carlos Williams

原成吉訳編

目次

装幀・芦澤泰偉

詩篇

I

嬰児たち

村野四郎訳

時おり
ぼくらは見つけたっけ
黄色いスミレの群を

わずかだが
青い　大きくて青い
スミレも

墓地の森で――
ぼくらはその束を
よく摘んだっけ

そこには或る家族が住んでいた
フォルテトという
大きな家族が

嬰児たちを埋めた敷地を所有して――
そこで　ぼくらはよく

スミレの束を
一つずつ
墓石の上に置いた

The Children
（「無限」九号、一九六一年）

雨

安藤一郎訳

雨が降るように
あなたの愛
　　もまた

世界のあらゆる
　　ひらいた
事物をひたす――

家々のなか
禁断の愛のすばらしい
　　乾いた
多くの部屋
そこにぼくたちは住み
降りそそぐ音を聞く
　　雨の――

そこには
　　額ぶちや
美しい
　　金属のおきものや
いろいろの布地《きれじ》――
ぼくたちの喜びの
淫らなもの
　　すべてを
見る
窓から
あなたの愛の
春のほとばしり

雨――
　　降っている
樹々は
獣になっている
立ち上がったばかり
海の中
　　から――
水

滴《したた》る
彼らの毛皮の
隙間から――

そのようにぼくの生は
　　愛を制するために
費やされる
彼女が

春の

世界に降らせる
　　　　滴り
それからひろがる
　　　　言葉
彼女の愛を入れるには
　　　　　　離れすぎて――
そして雫
の間に走りこみ
　　　　雨
はやさしい医者
　　　　海を
わたる彼女の想念

　の雨
　　どこ
にでも
　　見えない速い足
で歩く
無力の
　　波を
　　　こえて――
この世にない愛
世界の希望を
　　　持たない
　　　　あれは
世界をその喜びへ
変えることができぬ――

雨は
大地に降りそそいで
草と花々が
あらわれる
完全に
その水のような
清澄さ
から
だが愛は
この世のものではない
何ものも
それから出てこない
あとを追って
限りなく落ちる愛の
ほかは

彼女の想念より　*Rain*
（「青」九号「ウィリアム・カーロス・ウィリアムズ特集号」一九七〇年）

貴婦人の肖像

片桐ユズル訳

あなたのももはリンゴの木
で　その花は空にとどく
どの空？　あの
ワットーが貴婦人のスリッパ
を　掛けた空　あなたのヒザ
は南のそよ風——それとも
一陣の雪。うへっ！　どんな
男だった　フラゴナールは？
——それで　すべての
答えになるみたい。あゝ、そう——ヒザ
の下は、音楽は
そのようにさがってくるから、それは
あの白い夏の一日、

あなたの足首の丈高い草
は　岸辺にそよいでいる――
どの岸辺？
砂がわたしの口にからみつく――
どの岸辺？
ううんと、花ベンでしょうね。しる
はずがないでしょう？
どの岸辺？　どの岸辺？
リンゴの木からおちた花ベンですよ。　*Portrait of a Lady*

（『ウィリアム・カーロス・ウィリアムズ詩集』片桐ユズル・中山容訳、国文社、一九六五年）

完全な破壊

鍵谷幸信訳

Complete Destruction

冷たい日だった
われわれは猫を埋めた
それから猫の箱も取り出し
マッチをすった

裏庭で
地面と火から
逃げた蚤共も
寒さで死んだ

その間

身長位の
茶色いしわくちゃの
一枚の紙

あきらかに人間の
大きさ位のが
ぐるぐるッと

風にのってゆっくりと
グルグルと
街路の上を

自動車が走ってきて
それを轢いて
地面に

押しつぶした　人間
とちがって
それはまた風にのって

舞い上り
なん度もいく度も
前みたいに同んなじに

The Term
（『ウィリアムズ詩集』鍵谷幸信訳、思潮社、一九六八年）

歌のようなもの　　高島誠訳

そのヘビは己《おの》れの草叢に
待たせておこう
書くことは
コトバで出来て　ノロノロとスバヤク
厳しく打ちのめし静かに待ち
眠りを獲るもの
——隠喩を用い
人間たちと石ころは和合する
構築せよ（思想は
物そのものにしかない）発明しろ
ユキノシタは私の花
岩をも引く裂く私の花

A Sort of a Song
（「青」九号「ウィリアムズ特集号」一九七〇年）

II　前期詩篇　1909–1939

原成吉・江田孝臣訳

田園詩

彼らはぼくに言う。「外で
吠えまくる神がいて
木々を打ちのめしている！」
ぼくは急いで飛び出して
不運な人がふたり
風に吹かれて怯えているのを
見つける。
ぼくは暖かいこの家の中に寝そべって
こんなことを思う。
ゆさゆさ揺れる木々の向こうで
サフラン色だった
目も眩む白が
鋼鉄の青に変わるのを眺めている。
ぼくは顔を上げ
目は二十マイルを跳躍して
陰鬱な地平線にまで届く。
「でもぼくの欲望は」
と心でつぶやく
「あの街に
三十年遅れている。」

もう遅い。
妻が出て来て
ぼくを寝室に誘いながら
言う
──あせることないわよ──
あせることないわよ！
妻はぼくらの赤ん坊を
ベッドのぼくの横に
寝かせる。
ぼくは冷たい
シーツの中に体を入れ、
赤ん坊のために場所を空けてやる
そしてあの寒さに凍える
貧しい人たちのことを思いながら

自分は幸福だと
思う——
それからぼくらはキスをする。
Idyl（江田訳、以下E）

若い主婦

午前十時、若い主婦が
ネグリジェ姿で動き回る
夫の家、木の壁のむこう側。
ぼくはひとり車で通りすぎる。

それからまたかの女は道の端に出てくる
氷屋、魚屋に声をかける、コルセットはつけず、後れ毛を
気にしながら
恥ずかしそうに立っている、そしてぼくは彼女を
落ち葉になぞらえる。

会釈し、微笑みながら通りすぎるとき
車のタイヤはとても静か
パリパリいう枯れ葉の音を残しながら、ぼくは先を急ぐ。
The Young Housewife（原訳、以下H）
［以上「詩篇」一九〇八－一七年、より］

牧歌

もっと若かった頃は
出世しなければならないというのは
自明なことだった。
少し歳をとった今は
おれは裏通りを歩きながら
赤貧の人々の
家をほればれと眺める——
高さの違う屋根
鶏小屋の金網やら、石炭殻やら
壊れた家具やらで
ごった返した前庭。
樽板やバラした木箱で作った
塀や屋外便所、すべてが、

おれが幸運ならだが
青味がかった緑に塗りたくられ
適度に雨風にさらされ
どんな色よりも
おれを喜ばしてくれる。
　　　　こんなものが
この国にとってとてつもなく重要だとは
誰も信じないだろう。

Pastoral（E）

パンフレット

町のみなさん、お教えしましょう
正しい葬式のやり方を――
なぜなら、みなさん方には芸術家が束になっても
かなわないからです――
世界中探しまわれば話は別かもしれませんが――
みなさんは足が地についていらっしゃる。
よろしいですか！　先頭を行くのは霊柩馬車です。
まずそのデザインから始めましょう。
お願いですから、黒はやめてください――
白もいけません――そして光沢もなしで！
雨風にさらされたものにしましょう――荷馬車のような
車輪は金色にしましょう（新しく塗っても
たいした出費にはなりません）
あるいは、車輪はなくてもかまいません。
粗末なそりでもいいでしょう。

ガラスは外してください！
ああ、どうしてガラスなのですか、町のみなさん！
何のためですか？　死者が外を見るためですか？
それとも、死者が
ちゃんと収まっているか、わたしらの方が見るためです
　か？　花が
入っているかどうか、見るためですか？――
それとも何ですか？
雨や雪がかからぬように、ですか？
死者はじきにもっと沢山の雨を浴びることになるのです。
小石とか泥とかいろいろと。

ガラスはやめにしましょう――
内側の装飾もなしにしましょう。ふう！
底についている真鍮の小さな車輪も
小さなよく回る車輪もいりません。
町のみなさん、一体どういうつもりですか？

金ぴかの車輪のついた、屋根のない
質素な霊柩馬車にしてください。
その上に棺を乗せます。
わざわざ固定はしません。

お願いですから、花輪もなしにしてください――
特に温室の花はいけません。
ありふれた形見の方がよろしい。
故人が大事にしていたものとか、故人を忍ばせるもの
生前着ていた服とか――読んでいた本とか――
何でも結構！　なぜこういうものに
こだわるのか、わかりますよね。
町のみなさん！――
何か見つかりますよ――何でもいいのです

故人が好きだったのなら花でもいいのです。
霊柩馬車については以上。

しかし、ぜひとも、御者にはご注意下さい。
あのシルクハットだけはやめさせましょう！　だいたい
御者がでしゃばるのがおかしいのです――
あんな高い所にそっくりかえって
無礼千万にも、われらが友を引きずりまわすとは！
降ろすのです、降ろしてしまうのです！
目立たぬように低い所に！　わたしなら断じて
馬車に乗せはしません――とんでもないことです――
葬儀屋の下働きではありませんか！
手綱を握らせ
馬車のわきを、それも
目立たぬように歩かせましょう！

次にあなた方自身についてひと言。
棺の後ろをお歩きなさい――フランスの
第七階級のように、もしくは馬車で行くなら
カーテンは開けるように！　いささか

窮屈というところを見せるのです。雨風にも
悲しみにも身をさらすのです。
それとも悲しみを隠すことができるとお考えですか？
わたしたちに何を隠すのですか？　もう何も
失うもののないわたしたちに？　分かち合うのです
分かち合いましょう――そうすれば財布の中身も
へりません。
　　　　　　さあ、お出かけなさい
もう準備はできましたね。
　　　　　　　　　　　　　　Tract（E）

突き返し

愛は水、あるいは空気みたいなものなのです
いいですか、町のみなさん
それには浄化作用があり、有害なガスを消してくれます。
それはまた詩みたいなものなのです
理由は同じです。
愛はとても尊いものです
町のみなさん
だから、もしぼくがあなたなら
鍵をかけてしまっておきます――
空気みたいに、あるいは太平洋みたいに
あるいは詩みたいに！
　　　　　　　　　　　　　　Riposte（H）

一月の朝　組曲

I

ぼくは気づいた、船から見る
美しさは、その変な時刻のためだと
いうことに。それが見たくて、ぼくらはその時刻に帰る。
夜明けの靄に浮かぶ
ウィーホーケンのパウロ教父教会の
――こころが踊る――丸屋根は
いく年も夢見たはてに、近づいて眺めるときの
サン・ピエトロ大聖堂と同じくらい美しい。

2

手術は延期になったけれども
ぼくは、背の高いインターンたちが
薄茶色の制服を着て
朝食に急ぐのを見た！

3

——そして地階の入り口からは
髪をなでつけた中年の紳士たちが
切りそろえた口髭をして
ブラシのかかったコートを着て

4

——そして陽の光は、街路に差し込み
不規則な赤い家並みの
てっぺんに縞をつけ
そして
陽気な影がつぎつぎに落ちていく。

5

——そして緑のベッドカバーを背にのせ
頭を振る若い馬——
歯をむき出して、鼻づらを空高く！

6

——そして古いドラム缶から
吹き上げる炎をかこみ、半円形に立つ
土色の男たち

7

——そしてすり減った
(空のように！) 青い鉄路が
じゃりの間に光る！

8

——そして、よたよたのフェリーボート、その名は
「アーデン」！
常に新たな川の、巨大な埠頭の間で

こんな船が「アーデン」と
呼ばれているとは！
　「白いかもめよ、ぼくを操舵手の
タッチストーンにしておくれ！　そうして、ぼくらは
ハーフムーン号の亡霊を追って
北西水路に挑み——そして通り抜ける！
（オールバニーまで！）つまるところは！」

9

美しい茶色の波たちよ——長い
銀色の小さな環が、おまえたちの上を行く！
おまえたちの間には、ぼろぼろと壊れていく、あり余る
　氷のかけら！
空はおまえたちの上に舞い降り
こまかい泡粒よりも軽く、おまえたちと
向きあう！
　　　空の魂は
白いかもめ。そのきゃしゃなピンクの脚と
雪白の胸を、おまえたちは
そっとその唇に寄せてみる！

10

若い医者は、フェリーの舳先でただひとり
きらめく風に吹かれて
幸せに踊っている！　彼は
引き潮が喫水線下に残していった
ヨーグルトのようなふじつぼと氷のかけらに気づき
エメラルドの甘藻のはざまで
貝殻に覆われた岩棚のことを
　　　想う。

11

パリセイド断崖のことを知っている者は知っている。
ぼくと同じくらいに。川が、街の上流で
東に分かれるのを——だがそのあとは
——空の下を——南に下り、朝の光に映える
小さな家並みの尾根を運んでいくのを。
背後には、水を愛する
不機嫌なマンハッタンの巨人たち。

12

所々に残るまっ白な雪の上でたわんでいる
長い黄色のいぐさたちよ
はるかな森の
紫と金の横長のリボンよ。
　　想いに耽りながら
そこでおまえたちが交差して作り出す
その角度！

13

若いうちは必死で働くのだ
そうすれば、誰かがおまえを
見つけてくれるだろう、ある朝
箪笥のそり返った底板のわきで
仰向けに倒れているのを――そして、おまえの魂は
そこにはない！
――ブラインドの向こうの
小さな雀たちのなかだ。

14

――そして、たなびく旗は
死んだ提督を悼み、マストの真中に掲げられている。

15

これはすべて――
　　あなたのために書いたのです、母さん。
あなたに分かる
詩を書きたかったのです。
だってあなたに分からなかったら
何の意味がありますか？
　　でも一生懸命読んで下さいよ――
でも――
　　ほら、若い女の子たちが
暗くなって、とっくに家で寝ているはずの時間に
公園通りをきゃっきゃっと笑いながら
走って行くじゃないですか？
そう
ぼくも何だかそんな気分なのです。　*January Morning*（E）

たったひとりの弟子に

友よ、しっかり見るのだ
月が
尖塔の上で
傾いでいるのを
その色が貝殻ピンクで
あることよりも。

よく見て知るのだ
まだ明け方であることを
空が
トルコ石のようになめらかで
あることよりも。

しっかりつかむのだ
尖塔の
真っ黒な線が
集まって
頂点でひとつになるさまを――

見つめるのだ、小さな装飾が
その収斂を
阻もうとしているさまを――

見よ、その試みは破綻する!
尖塔の六角形を
かたどる線は、収斂しながら
上に逃げる――
分割しながら遠ざかる!
――花被《がく》だ
花を守り
花を包む。

見るのだ
食いちぎられた月が
じっとその保護線の
内側にあるのを。

確かに君の言う通りだ――
淡い朝の

光に照らされ
茶色い石壁とスレートの屋根が
オレンジと濃いブルーに輝くというのは。

だがよく見るのだ
ずんぐりした建物の
威圧する重みを!
よく見るのだ
ジャスミンのような
月の軽さを。

To a Solitary Disciple（E）

［以上『読みたい人へ』一九一七年、より］

おばあちゃんを起こすには

年をとることは
飛びかう小鳥たちの群れ
チーチー鳴きながら
裸の木々を
かすめ飛ぶ

その下は凍りついた雪。
思いのままに飛んだり
押し戻されたりしながら
鳥たちは暗い風に
もてあそばれる――
しかし何のために?
枯れた草の茎に
群れはとまっている
雪が
割れた種の
殻でおおわれ
無数のかん高い鳴き声が
風を和らげている。

To Waken an Old Lady（H）

木曜日

ぼくは夢を見てきた――みんなと同じように――
そして夢は夢のまま、だから
いまは無頓着に

大地に両足をしっかりすえて
空を見上げる――
ぼくは感じる、着ている服を
靴のなかの体重を
帽子の縁を、ぼくの鼻先を出入りする
空気を――だからもう夢は終わりだ。

Thursday（H）

ある友だちへ

いやもう、リジー・アンダスンときたら！　男が十七八
――だから
赤ん坊の父親探しは至難のわざ！
町の判事がこの難問に答えられなければ、天にまします
善良な父は何とおっしゃるだろう？
笑うと可愛いえくぼがふたつ――プクッ！――
法律は単なるお題目になってしまう。

To a Friend（H）

友人へ、あのご婦人がたについてひと言

ぼくはそんなにたくさん
望んじゃいないんだ、そう　草地に
なかば倒れるように
咲いている二、三本の菊、黄色
それに茶色や白の花、何人かの噂ばなし、樹木
一面の枯れ葉の広がり、たぶん
そこには水路もある。

でも、一通の手紙が
ぼくとこういったものの間に
やってくる
あるいは一目見ただけで――まさにおあつらえ向き
わかるだろう
というわけでぼくは混乱しちまって、とても
正気じゃいられない――見捨てられた気分
食事もまともに
のどを通らない。
女たちが言うんだ、おいでよ！

ねぇ、いらっしゃいよ！　さぁ、来なさいよ！　そして、
　もし
行かなければ、ぼくは自分に
うんざりしたまま、もし行けば――

　　　　　　　　夜、遠くから
ぼくはこれまでこの都市を見つめてきた
そしてどうして一つも詩を書かないのか考えてみた。
いらっしゃいよ！　そうよ
街はあなたのために輝いているのよ
それなのにあなたはただ突っ立って街を見ている。

そしてそのとおりだ。女だけ、あるものを持った
ある女だけ、他に何も
この世界にイカしたものなんて
ありはしない。でも、もし
ぼくが、家を背中に担いだ
亀みたいに、あるいは水中から色目をつかう魚みたいに
登場したらどうだろう？
それはやめておこう。もし行くなら
愛に熱くなって、フラミンゴみたいに
色づいて行かなくては。二本の足と馬鹿な頭を
持っているのは何のため？
そして自分の尾っぽの羽を汚すフラミンゴみたいに
臭いをかぐのは何のため？　ウェー。
ぼくはつまらない詩で頭をいっぱいにして
家へ帰らなくてはいけないのか？
そして女たちはこう言う。
やってみるまで誰が
こんなことに答えられる？　きみの目は
なかば閉じている、遊びたくってたまらない
カワイイ人、あなたは子ども
でもわたしが一人前の男にしてあげる、そう
愛を肩に担いだりっぱな男に――！

そして湿地で
コオロギは日向の土手道を
走り回る、そして
そこに穴を掘るんだ、水面は
葦を映し、葦は
茎を揺らす、そしてカサカサ乾いた音をたてる。

To a Friend Concerning Several Ladies (H)

未亡人の春の嘆き

悲しみはわたしの庭
そこに新しい草が
前と同じように
炎のように燃え上がるけれど
今年、わたしを捕えて
離さないのは冷たい火。
三十五年
主人と暮らしてきた。
今日、プラムの木は
たくさんの白い花。
たくさんの花で
桜の枝がたわむ
そして庭の茂みは
黄色や赤に色をかえる
でも、わたしのこころの悲しみは
花の色よりも濃い
まえは花がわたしの喜びだった
のに、今日はそれに目がいっても
忘れようと顔をそむける。
今日、息子が
牧草地の
はるか遠くの
深い森のはずれに
白い花をつける木を見たという。
わたしはそこへ
出かけてゆき
その花に身を投げて
近くの沼に沈んでしまいたい。

The Widow's Lament in Springtime (H)

巨大な数字

雨と
街灯のなかに

ぼくは見た
金色の5を
赤い消防車に
描かれたその数字が
猛スピードで
走り去った
誰にも気づかれず
鐘の音と
サイレンの叫びと
うなる車輪といっしょに
まっ暗な街を。

The Great Figure（E）

［以上『負け惜しみ』一九二一年、より］

春のいろいろ（春のいろいろⅠ）

伝染病院へと通じる道のあたり
北東から押し寄せる、青い
まだらな雲の下には
冷たい風が吹いている。向こうには、広い
ぬかるみの荒れ地、枯れた雑草であたりは茶色、なかには
立っているのや倒れてしまった草もある

あちこちに溜まっている水
まばらに立っている高い木

道ばたには、赤味がかった
紫色の、枝分かれした
藪や小さな木々の葉のない小枝が広がり
その下には茶色の枯れ葉がつもっている
葉のない蔓——

見かけは死んでいるような、のろまで
ぼうっとした春が近づいてくる——

冷たい新しい世界に裸で
入ってくる、まったく頼りないが
やってくるのは間違いない。あたりには
冷たい、いつもの風——

今日は草が、明日は
野生ニンジンの硬い巻き毛が顔を出す

ひとつ、またひとつ、ものの形がはっきりしていく春——
急に活気づく。葉の輪郭ができる

しかし、いまは袖口で
待つ、威厳をもって——でも、すでに深い変化が
訪れている。しっかり根を張り、大地を
つかみ、そして目覚めはじめる

Spring and All（H）

エルシーに捧ぐ（春のいろいろXVIII）

生粋のアメリカ生まれは
狂ってしまう——
ケンタッキーからやってきた山の連中
あるいはジャージー北端の
山間に暮らす人びと

そこには湖や
渓谷が散らばり、聾唖者、泥棒
古い名前の人びとがいる
そして混じり合う血

まったくの冒険心から
貨車に飛び乗るのが癖になってしまった
向こうみずな男たち——

月曜から土曜まで
汚《けが》れにどっぷり浸かった
若い自堕落な女たち

けばけばしくその夜を
飾りたてるための
想像力、その想像力には

きわだつ土地の伝統など
ありはしない

ただ、ぼろの服をはためかせ

みせびらかすだけ——ヤマザクラか
ガマズミの生垣のしたでは
麻痺した恐怖心だけ

なんの感情もなく
身を任せてしまう——
かれらはそれを表現できない——

でも、おそらく
インディアンの血の混じった
結婚なら話はちがう

その結婚から、女の子が生まれる
その子は見捨てられ
病気や殺人に囲まれて暮らすことになる

そして役人によって救いだされ
州の施設で

養育される

十五になると
経済的に苦しい
郊外の家へ働きに出される——

たとえば医者の家へ、エルシーみたいに——
壊れた脳味噌で
ぼくたちの本性をあばき出す

なまめかしい水——
その娘の大きくて
ぶざまなお尻、ゆさゆさ揺れる乳房

お目当ては安物の
宝石
それにステキな目をした金持ちの青年

まるでぼくらの足元の
大地が

空の排泄物みたいだ

そしてぼくらは堕落した囚人で
飢えから逃れられず
やがて汚物を口にしたりする

かたや想像力は
九月のむっとする暑さのなか
キリンソウの野を走り去る鹿を

追い求める
なぜだか
そいつのせいでぼくらは破滅しそうだ

なにかが放たれても
それはきまって
ばらばらの斑点となる

だれひとり、見とどける者も
変えようとする

者もいない、車を運転する者はだれもいない

To Elsie（H）

赤い手押し車（春のいろいろXXII）

思わず
見とれる

赤い車輪の
手押し車

雨水でツヤツヤ
光っている

そばには白い
鶏たち

The Red Wheelbarrow（H）

野球場の観衆は（春のいろいろXXVI）

野球を観る群衆は
無用の精神に

一様に動かされる
それが彼らを喜ばす——

追っかけたり
逃げたりの、興奮する

微妙なプレー、エラー
天才のきらめき——

永遠なる美以外に
何の目的もない——

同じように、彼ら観衆も微妙に見れば
また美しい

このことは
用心すべきことでもあり

敬意を表すべきことでも、反抗すべきことでもある——
観衆は活気と毒気に満ちている

不快な笑いを浮かべる
その言葉がぐさっとくる——

母親連れの、ど派手な
女の子にもわかる——

ユダヤ人にも、すーっとわかる——試合は
生きるか死ぬかで、おそるべきもの——

試合は異端審問であり
革命である

毎日毎日、彼らの中で
のらりくらり

生きているのは
美そのものなのだ――

それが
彼らの顔に現れる

季節は夏、時は夏至
観衆は

声援を送る、観衆は笑う
微妙なところで

いつまでも、真剣に
何も考えずに

At the Ball Game（E）
［以上『春のいろいろ』一九二三年、より］

花

色もなく、形もない花びら
低い丘の向こうに

細長いビルが立ちならび、北に目をやれば、巨大な
橋の支柱が

遠くに小さく、姿を現した。
うす紅色で、まだ完成には間がある――

それは川を越えて広がってくる
都市。どの部分も

おれのものではない。だが、目に映る
一片の花びらであるからには――おれのもの。

それは一輪の花、そのなかで風が
白く枯れた草をくしけずり、うす茶色の足の

黒い犬が二本足で立ち、生ごみ
の樽をあさる。一片の花びらは八つの通りにまたがる
二つの教会と煉瓦の学校を過ぎ、公園（夏には、
手持ちぶさたの女たちが
いまは葉のない木の下に
腰をおろして休む）の端を越え、小さな家まで。
何の縁か、その家でおれは生まれた。あるいは
こういう言い方がお好みなら、戻って来た
一月の太陽に照らされ、縞状に
光る塵の山。
そして、あの連中（おれたちが商売にちょっかいを
出さぬよう祈っている
やつら）は、科学とか哲学とか
手当たり次第に投げつけては
おれたちの気を散らそうとする。だがマダム・レーニンは
奇特な人だ。新聞の写真の下に
こんな発言がのっていた──
「とりわけ子供たちは宗教の魔の手から
守るべきです」と。もう一片の花びらは
サンディエゴまで飛んでいく。そこでは、大半が
ニューヨークから来た多くの若者たちが
気炎をあげている。
花は、その中心（おしべ、めしべ等々）では、
一人の裸の女だ。歳は三十八くらい、ベッドから
起き出たばかりで、体も心も、それにこれまで目にして
　きたもの、
してきたことゆえ一見の

価値がある。おれが「あの連中ときたら、あんな橋を
ものの二、三か月で建てていく。
それに引きかえこっちには、本一冊書く時間もない。
まったくむかつく」
と言うと、この女がおれを
たしなめるのだ。「あの連中にはその力がある
ただそれだけのことよ」女は答える「そしてそれは
あんたたちにはないものね。もし手に入んないなら
素直にそれを認めることね。それにあの連中には
そんな力を、あんたなんかにやるつもりなんてないって」
ごもっとも。
おれは何年もあの奇跡の街に
悩まされてきた、あの光り輝くビルの群——
このあたり一番の見物だが、

何というか言葉では
言い尽くせない。だが、光の数珠（おれには
まったく無縁の、力の輝き）を狂おしく歌ってみても
始まらないのだ。
もう一片の花びらは
過去へと戻って行く、プエルトリコへ。
そこでおれの母は子供のころ小さな
川で泳ぎ、ユッカの葉に水を浴びせては
真珠がころがり落ちるのをながめた。
歩道の雪は硬い。これは
夢物語でもなければ寓意でもない。
おれの願いはただひとつ——いまはメシのために
手でこつこつやっている病人の治療と

世話を、ボタンひとつで
済ませて、頭が冴えわたり
燃えている朝の
気分爽快な時に、思いっきり詩を書くことだ。

The Flower (E)

ボッティチェリの木

木の
アルファベットが
葉の歌のなかに
消えていく
それまで冬と
寒さを
綴っていた

細い文字の
交差する
線に

雨と陽が当たって
先の尖った緑が
輝いている——
まっすぐに伸びる枝の
あまりに単純な
原則が

いま変えられようとしている
それまで摘みとられてきた
色の可能性、敬虔な
こころ

愛の微笑が芽をだす――
・・・・・
やがて裸にされた
文章が

薄絹のしたの女の
手足のように動きだし

その密かな欲望が
夏の

愛の上昇を
ほめたたえる――

夏に歌が
自分自身をうたう

押し殺された言葉をこえて――

The Botticellian Trees (H)

詩

ジャムの戸棚の
てっぺんに
よじ登る

ネコ
最初は右の
前足

おっかなびっくり
それから後ろ足
入ったところは

空っぽの
植木鉢の
穴のなかとは

Poem (H)

ナンタケット

窓越しの花は
うす紫と黄色

白いカーテンで色が変わる――
清潔な匂い――

遅い午後の陽の光――
ガラスのトレイには

ガラスの水差し、伏せた
タンブラー、その横に

鍵がひとつ――そして
しみひとつないまっ白なベッド

Nantucket（E）

ごめんなさい

アイスボックスに
入っていた
プラムを
食べちゃった

それは
たぶんきみが
朝食用に
とっておいたもの

許しておくれ
すごくうまかったんだ
とっても甘くって
とっても冷たくって

This Is Just to Say（H）

［以上「詩篇」一九二八–三五年、より］

花咲くニセアカシア

緑に
かがやく
かたい
おれた
古枝に
白く
あまい
五月よ
また
おいで

The Locust Tree in Flower (E)

貧しいおばあさんへ

通りを歩きながらプラムを
むしゃむしゃ食べている　手には
そいつの入った紙袋

そいつはとってもうまそうだ
そいつはとっても
うまそうだ。そいつは
とってもうまそうだ

手にもっている
半分かじったプラムに
かぶりつく
そのしぐさでわかる

満ち足りて
あたりには熟れたプラムの
安らぐ香り
そいつはとってもうまそうだ

To a Poor Old Woman (H)

プロレタリアの肖像

エプロン姿の若い大柄の女が
帽子もかぶらず
髪を後ろになでつけたまま、通りに
立っている
ストッキングをはいた足先を
歩道に立て
片手に靴をもったまま、じっと
のぞき込む
紙の中敷きを引き出すと
釘が出ている
それで痛かったのだ

Proletarian Portrait（E）

ヨット

が競い合うのは、一部を陸に囲まれた海
そこは、その気になれば最大級の船ですら拷問し
情け容赦なく沈めてしまう大洋の強烈な
重いパンチから守られたところ。そいつの強打と
戦えるのは最高の技術だけ。
霧の中では蛾のように、雲ひとつない光の中では
きらめきながら、帆に風をいっぱいはらんで
ヨットは、鋭い艇首《へさき》で緑の波しぶきをあげながら、風上
に滑る
ヨットのあちこちでクルーたちが蟻のように
這いまわりながら調整に余念がない、ロープを緩めたり
締めたりしながら、方向を変え、ヨットからぐっと身を
のけぞり、また
風をとらえると、並んでゴールをめざす。

しっかり守られ、じゃまするもののない水の競技場を
大小の船が取り囲んでいる、動きの鈍いおべっか使いは
旗をひるがえし後に続く、ヨットは若さにあふれ、この
　うえない存在

幸福のまなざしのよう、精神は汚れひとつなく自由気ま
　まで
とうぜんみんなのあこがれの的、あらゆる優雅さに
あふれている。いまヨットを抑えている海は

不機嫌だ、つやつやの艇腹をなめまわし、ごくわずかな
　傷でもないかと
まさぐってはみるが、まったくのくたびれもうけ。
きょうはレースなし。するとまた風がでる。ヨットは

動きだし、スタートの有利な位置へむかう。合図がくだ
　され
いっせいにスタート。こんどは波が襲ってくる、しかし
　とてもうまく造られた
ヨットは、帆を取り込み、そのなかをすり抜けてゆく。

艇首をつかもうとする手がぐっと伸びてくる。
無謀にも行く手に投げ出された体が切り裂かれる。
ヨットのまわりは苦悩と絶望にみちた顔の海だ

やがてレースの恐怖がわきおこり、精神を動揺させる
海全体が水の死体のもつれ合う場となり
彼らが摑むことのできないものを運んでゆく。破壊され
打ちのめされたみじめな者たちが死者の群れから引き上
　げてもらおうと
手を伸ばし泣き叫ぶ、だめだ、だめだ！　悲鳴が波間か
　らわきおこる
それでも巧みなヨットは目もくれずとおりすぎる。

The Yachts（H）

腹が減っているのはすばらしいことだ

小さな、黄色の野生のネギ

マンハッタンの舗道に現れる
春をつげる最初の緑、そいつが
顔をだしたら、まとめて、グイと引っこ抜いて
よく洗い、たてに割いてフライパンで
炒める、少しぬるぬる
しているけれど、よく火を通して
熱いまま、ライ・ブレッドにのせてごらん
ビールにはもってこいのおつまみ——
それに何よりすばらしいことは
どこにでも生えている。

To Be Hungry Is To Be Great（H）

［以上『早すぎた殉教者、その他の詩』一九三五年、より］

アダム

男は熱い島の
海辺で育った
住民は黒人だった——ほとんどが。
その島で男は自分のために
小舟を、そして水辺に
小屋を作った
ピアノを練習するためだった——
徹底した頑固さと
強い目的意識をもって
イギリス人らしく懸命に
張り合った
友人であり、憧れの的である
スペイン人と——その島の気候と！

そして男はフルートも
吹けるようになった——大してうまくはなかったが——

それから男は楽園から——
追放された——「勤勉」が
かくも優美に、かくもお上品に
かくも気高く運んでくる
死の味を知った——
その時から死ぬまで「勤勉」は男を
奴隷にした——

そして男は貝殻や
ハリケーンにまつわる珍奇な記憶を
すべて捨てた——
その臭いと
喧騒と投げかけられる視線も
それはラテン人なら誰もが知るとおり
倦怠と長い灼熱の時間にはつきものだ
イギリス人には
けっして理解できない——イギリス人には
「勤勉」が
つきものだった——男は捨てた
それ自身の熱帯と
それ自身の翼の大きな家禽と
夜中に美を吐き出す
花もいっしょに

だがラテン人はロマンスを
氷のように冷たい目的に向けてしまった
ラテン人には、けっして

あるいはまれにしか
何がアダムのひざを
震わせ絶望に陥れたか——そして
何がそのひざを司教よろしく立たせたのか——
わからない

熱帯の夜の
ささやきの下には
さらに暗いささやきがある
それは死が
北の人たちのために
特別に作り出したもの
熱帯に魅入られた
北の人たちのために

熱い島々では
心の平和は日が昇るようには、けっして
けっしてけっしてけっして
やって来ない、と悟ることができれば
それでよかったのだ。

しかし若い男を
待って寝そべる
黒人女たちのわきには
特別仕立ての地獄があった――

いかだの上の裸の男には
男を去勢しようと待ち構える
バラクーダが見えると
みんなは言っていたが――
すぐにそうなるわけではない――

しかしイギリスに暮らしたわけではなかったが
男はイギリス人であったから
ココヘヤッテキテスデニ五ネン
けっして後を振り返らず
逃れ得ない結末を
冷静に見つめ続けた
けっして怯まず――けっしてたゆまず――
紹介状を求めて
無言で地獄の口におもむく

神の使い走りだった――
いつもポケットに
イギリスのパスポートを入れ
子孫に水をもたらした――
ラバの背で黒蟻のパテを食いながら
コスタ・リカを横断した。

ラテンの淑女たちは男を誉めそやし
微笑みの下で
絶望の短剣を繰り出したが――
徹底した訓練にも
かかわらず――
男の薔薇色の鋼鉄にくるまれた
イギリスの心臓は
無傷だった。むちを手に持つ
「勤勉」という名の
天使は・・・
――楽園の低い城壁ぎわで
座った女たちは男に向かって
微笑みかけ

扇子で風を送った――
男にとって、父たる故国はただひとつだった
その「父」の目を冷たく
忍耐強く
見つめていた――
不平も言わず、寡黙に
絶望的な、不動の沈黙のうちに
急いでは来ぬ最後の日まで

Adam（E）
［『アダムとイヴと都市』一九三六年、より］

古典的風景

発電所
形は赤い煉瓦の
椅子
高さ九十フィート
その椅子に
座っているのは
二本の金属――
アルミ――の煙突
灰色の空の下
そのあたりに君臨する――
掘立て小屋だらけの
むさ苦しい

一本の煙突から
うす黄色の煙が
たなびく
もう一本は今日も
じっと立っているだけ――

壁と壁のあいだ

病院の

Classic Scene（E）

裏手
の病棟
何も育たない
場所に
石炭の燃えがら
そのなかにキラリ
と光る
割れた緑のビンの
かけら

Between Walls（H）

イギリス生まれの祖母が言った最後の言葉

祖母のかたわらの、くしゃくしゃの
くさいベッドの横の小さなテーブルには
汚れた皿が何枚かと
コップ一杯のミルクが置いてあった――
しわくちゃで、ほとんど目も見えず
祖母はいびきをかいて寝ていた
目を覚ますと、怒ったような声で
食べ物を求めた

なんか食わしておくれ――
あいつら、何も食べさせてくれないんだ――
あたしゃ大丈夫だよ――病院なんか
行かないからね。だめ、だめ、絶対に行かないよ

何か食べるものをおくれよ！
一緒に行くから
病院に行こうよ、とぼくが言う
元気になったら

何でも好きなことができるんだよ。
祖母はほほえむ、それじゃ
お前が先にやりたいことをおやりよ

その次に、あたしがやりたいことをやるからさ——
いやだよ、いやだよ！　病院の担架に
乗せられるとき
祖母は叫んだ——
これが、お前が言った

楽にしてやるってことなのかい？
いまは頭がはっきりしている——
お前ら若いもんは
自分たちは頭がいいと思っているが

と祖母は言う、でもあたしに言わせりゃ
お前たちは何にもわかっちゃいない。
それからぼくらは出発した。
途中で

楡の並木を
通った。祖母は
救急車の窓から

しばらく木をながめていた、そして言った

あの外の
もやもやしたものは一体何だい？
木かい？　見飽きて
しまったよ、そう言って顔をそむけた。

The Last Words of My English Grandmother（E）

［以上「詩篇」一九三六–三九年、より］

III　長篇詩〈パターソン〉第三巻より　1948

沢崎順之助訳

図書館II

　火は燃える。それが第一の法則。
　風が火を煽ると、炎は
そとに拡がる。話は
炎を煽る。炎がそのように
仕向けてきた。したがって書くことは火であり、
それも心血の火にとどまらない。
書かれたものは取るに足らぬ。
書くにいたるまでが（炎は
そこを捉える）困難の
十分の九を占める――誘惑

さもなければ力ずく。書かれたものは
救いともなるはずである――
書きすすむにつれて火となり
破壊的な火となる状況からの
救いとなる。しかし書かれたものはまた
襲いかかりもする。それを――できれば
根底から――叩く手段を
見つけねばならない。そういうわけで
書くにあたって、問題の十分の九は
生きることにある。ひとはそこを
見る、知性によってでなく、
没知性で見る（無知でいたがるのは
こんなことを言う口実のためである――
あなたはわたしたちの誇りですよ！

すばらしい才能です！　お忙しい
仕事なのによくそんな余裕が

おありですね。そのような
趣味があるのはすばらしいことです。

あなたは昔から変わった子でしたよ、
お母さんはお元気ですか？）

——激情の暴風、執筆の火、
鉛の洪水、そして最後に
そのコスト——

お父さんはほんとにいいひとだった。
よく覚えています・・・または

いやあ先生、結構なもののようですが、
いったいどういう意味なんで。

然るべき儀式ののち、それぞれ違った材質の支柱十二本を使って、テントを張る。支柱を地面に打ちこみ、天辺でまとめて結わえ、樹皮、獣皮、あるいは毛布をきっちり繋ぎあわせたもので全体を覆う・・・こうして、ここが、「火の霊」、「煙の穴に目を見開いて横たわるかた」に呼びかける者が坐る場所となる・・・マニトゥ十二霊が従属神として従う。そのうち六霊が動物神、六霊が植物神である。大きなかまどがこの捧げものの幕屋にしつらえられ・・・真っ赤に焼けた大きな十二の石で熱せられる。

　そのうえでひとりの老人が焼けた石にパイプ一杯のタバコを十二回投げいれる。つづいてすぐにべつの老人が水を注ぎかける。そのために濃厚な煙もしくは湯気が立ちのぼって、天幕《ティピー》にいる者たちを窒息死させるほどになる。

　エクス・クァ・レー、キア・シークビ・フームス・アドスケンディト・イン・アルトゥム、イタ・サクリフィクルス・ドゥプリカータ・アルティオーリ・ヴォーケ、「ケンナケ、ケンナケ！」ヴェル・アリクァンド「フーフー！」ファキエム・ヴェルスス・オリエンテム・コンヴェルティト。

　するとそこから煙が高く立ちのぼり、司祭は声を高めて「ケンナケ、ケンナケ！」またときには「フーフー！」と叫んで、東のほうに顔を向ける。

　その儀式のあいだ、ある者は沈黙し、ある者は滑稽なことを言い、その他の者はオンドリ、リス、その他の動物の鳴き声をまねたり、さまざまな音声を発したりする。その喧噪のなかで二頭分のシカの炙り肉が分配される。

（書物を吸いこみ）

むせる煙を吸いこみ、
　理解するかぎりを求め・・・
分別をねじまげて規範を見いだし、慣習という
頭骨を叩きやぶり、
　　　　愛情、女たち、子ども
　　　たちには
秘密のところへ——燃える火への愛情へ
向かう・・・

火事は街路鉄道会社の車庫の塗装場から起こった。工員は古い車両の塗り直しで一日働いていたが、寒さがきびしかったためにドアも窓も閉めたままだった。ペンキ、とくにニスが、いたるところで使用されていた。ペンキの浸みたボロ切れが山のように片隅に捨てられていた。夜、一台の車両が火を発した。

息をひそめて、慌ただしく、
多事であったあの夜が（書物に）目覚める！
目覚めて

歌いはじめるあの夜の（二度目の）歌、やがて
不評の夜明けにいたる・・・
　あの長い海、風に吹かれる
長い、長い海、「ブドウ酒色の濃い海」とは違
って
夜は永久には続かない・・・
それはサイクロトロン、篩い分けだ・・・
　そしてあちらではいまも
タバコの煙の沈黙のなかで——天幕《テイピー》のなかで
敵意をもってうずくまっていて
　（書物はうずくまっていて）
　　　そして優しさを
夢見ている——沈黙の敵意のなかで
突破もできず目覚めもできず、活動を
再開できずにいつまでも——書物のまま、
　　　　堕地獄の人間のままでいる。
生者に対する支配力は失せてしまっている

明快に、だそうだ。ああ、明快に！　え、
　明快に？
いちばん明快なことは、なにより、
ひとと作品との関係で、どこまでがひとで
どこまでが作品なのか、その両者のうち
どちらをより評価すべきかということほど
明快でないものはないということである。

　発見されたときはまだ小さな火炎だった。盛んに燃えていたが、消防士が処置できるものに見えた。しかし夜明けに風が出てきて、炎は（収まったと思っていたのが）とつぜん手に負えないものになり――そのブロックを席巻すると、商業地区へ方向を向けた。正午まえ、全市の運命が決定した――

　美しいものよ
　　　　――運命の定められた市《まち》！　そして
舞いあがる炎・・・
　　　　ネズミのようで、赤い

スリッパのようで、星の
ようで、ゼラニウムのようで、
ネコの舌のようだった、または――

一枚の木の葉であり、一個の
小石であり、ある物語のなかの
ひとりの老人であると
思われた、思われた

プーシュキン作の・・・
　　　　ああ！
腐った梁が崩れ
落ち、
　・・・一本の古い壜が

変容する
夜は炎で昼になった。かれは炎を
むさぼっていく――ページを繰りながら

（燃えるページを繰りながら）
本の虫になる——この火災に明るくなる
われわれはそれを飲み、それに酔い、最後に
（それを糧にしながら）死滅していく。しかしくす
ぶって
生涯くすぶりつづけてけっして炎に
燃えあがらない火もあるのだが——
この炎は
条件付きの、死滅させる独自の腹をもった
炎なのだ——

紙きれが
（燃えて）風に散らばる。紙は黒々と散る。
インクは白く、金属的な白さに燃える。しかた
ない。
来たれ、すべてを覆う美よ。すぐに来たれ。し
かたない。
指のあいだにほこりがついた。しかたない。
ぼろぼろの荒廃よ、来たれ。圧倒せよ。

しかたない。しかたない。

鉄製のイヌが、炎の充満した
道路で眼を燃えあがらせている。酔いのまわった
炎だ。しかたない。緑になり黄色になり
笑いで腹をよじっている炎で、一本の墻がいま
変容を受ける。炎のばか笑いのなか、生きのびる
酔いも——しかたない。すべての火に火がつく！
しかたない。火が火を呑みこむ。しかた
ない。火そのものが火に歪められて
笑う。しかたない。吸いこまれた炎に
笑いかける。多種多様の笑い。炎と燃える
重厚さが、燃えあがる実直さを圧倒する。
徹底的壊滅を求める純潔。変節して、それを
良しとしよう。火災を良しとしよう。
しかたない。かつてガラスだった、かつて
墻であって、もうついに墻ではなくなった、
火で破砕された砂礫の美しさ。
恥じらいもしない。しかたない。

一本の古い壜が火の変容を受けて
新しい光沢を発する。ガラスは歪められて
新しい特性を得、無形無名であることを
主張する。火の潮に襲われた石は、
焼けて、一面細かいひびが入り、
光沢は損なわれずに残る・・・
壊滅が改良を加えたのだ――最高温に達した
熱の舌に舐められて、形を失って
話だけが無数の羽毛となって流れる。
息を吐けば揺らぐその話を飲め。
それは、砂――あるいは石――に潜む
優美さ――オアシスの水――を獲得して
笑い声をあげて叫んでいる。ガラスに
焼きついているのは、火が
冷えていったときそこに残した、
冷たい火による、同心円の虹模様だ。
炎は挑戦されている――ガラスを包んだ
あの炎は花と散って、この炎――
熱を超える第二の炎――によってここに
花開いている・・・

地獄の火よ。火よ。まあほてった尻をおろすがいい。
おまえの獲物は何だ。自らの炎でおまえ自身を打ち
のめせ、
勝ってみせよう　火よ。おまえを超えて生きろ――
「詩人、火で火に打ち勝つ！」　壜を見ろ！
壜を！　壜を！　壜を！　おまえに
一本の壜を見せよう！　火よ、いまなにがそこに
燃えていると思う。

次は図書館？

渦巻く炎が家から
家へ、建物から建物へ飛びうつり

風に運ばれ
図書館は炎の道にある

美しいものよ！　炎々と燃える・・・

権威への挑戦
サッフォーの詩が焼けた——意図的に
焼かれた（のか、あるいはいまもヴァチカンの
地下堂に隠されているのか）——
美は
権威への挑戦だからだ——

サッフォーの詩は
エジプトの石棺に納められていた
ミイラの外箱の、その材料のパピエ・マシェから
断片を一枚一枚剝していくうちに見つかった・・・
それよりまえ古い大火で
飛びちった詩集の断片を、ぐうぜん
葬儀屋が拾いあつめて、死者たちのための
外箱を作るのに、一枚一枚
貼っていたのだった

美しいものよ

サッフォーの詩集は発禁にされ、
この事情をまったく知らないあなたがた
死者によって蘇ったわけだ——
さながらデューラーの「メランコリア」、
器具の精密さと無関係に部品が
なんの意味もなく
散らばっていたのだ。

美しいものよ

美しいものよ、あなたの
野卑な美がこうしたすべての完成された美を
凌駕する！
野卑はすべての完成品を凌駕する
——それがニスの壺を跳びだし、眼前を——
炎となって！——過ぎていくのが見える。

――火が火と絡みあう。ある一つのものが世界を、
その核を、覆いつくす――われわれは怯みながら
小さなホースで異議表明の
放水をする――わたしも
そのひとりとなって火に向かって
放水する

詩人よ。

詩人はどうしている?

なにかいい例はないだろうか。たとえば硫黄島で
弾幕砲火のなか、ブルドーザーで突っこんでいき、
戻ってきては友軍の進路を
切り開いた兵士がいる――

無言にして、兵士の
行動は炎を燃えたたせるものだが
――しかし忘れられ
る、

シラブルをあらたに繋いで、その兵士を
捉えることができないために、忘れられる。

兵士そのひとのイメージに合
わせた

炎の捻りがなくて、無名のまま――忘れられ、
やがてかれを讃えるニケの像だけが残る――

それを伝える発明がなく、
言葉がない――

炎の滝は
逆さになった瀑布だ、うえに向かって
噴きだす(なんの違いがあろう?)

言語、

美しいものよ――わたしは
あなたに対する献身の不足を
嘆き、献身の

　　　　　喪失を嘆いて、
自嘲するばかり

　　　　火に襲われてやけどし、
（あなたさえ知らない、名もない
火に襲われて）名もないまま

　　　　　　　　　　　酔いつぶれている。
渦巻く動きとともに立ちあがって、
炎のなかに入ったそのひとは、炎そのものと化し
――
炎がそのひとにとって代わる

　　　　　　　　　　――そしてだれにも出せ
　　　　　　　　　ない
呻き声、叫び声があがる（われわれは沈黙のうちに
　死に、
恥じらいながら楽しむ――沈黙のうちに、ふたりの
あいだでさえ互いに喜びを隠し、
　　　　　　　　　　炎のなかに、
みずから認めることさえしない密かな喜びを
しまいこむ）

　　　　　　　　悲鳴をあげて
上昇気流に乗った火はその部屋を渦に巻きこんだ
――
そして出現したトタン屋根の恐ろしい光景（一八八
　〇年）、
半ブロックに渡って屋根が、火につかまって
スカートのようにめくりあがり――ついに
浮きあがり、吐息をつかんばかりにして浮きあがり、
流れ、微風に乗るように炎に乗って流れ、
そして厳かに漂いさり、空気にまたがり、
　　　　　空気に乗って滑り、
炎のしたにかがみこんでじりじり焼かれている
ニレの木立を楽々と、はるか高く乗りこえ、
鉄道線路を飛びこえて、
屋根のうえに落下し、そのしたの

部屋を赤く熱く暗くした
　　　　　　　　　　　　（われわれの心はそうな
　　　　　　　　　　　　らない）
われわれは呆然と口を開けて立ちつくし、
頭を振って言う、まったく
こんなもの見たことがあるかね？
まるで夢から出てきたものみたいだ。
じっさいのところ、どんな途方もない夢にだって
こんなたぐいのものはない・・・
　　　　　　　驚嘆のうちに消えた
あのひと、ひととなったあの炎・・・
しかしあの悲惨な図書館も
（一冊としてすぐれた蔵書があるわけでなく）
崩れ落ちる定め――
　　　　なぜなら沈黙しているからだ。
あなたをなに一つ収めていないという
欠陥によって、沈黙している

　　　　　　貴重とされるものなど
屑だ、あなたをなに一つ収めてないのだから。
あなたは文字どおり唾を吐きかけられる。
しかしあなたなしでは、無にひとしい。
図書館はものを言わず死んでいる。
　　　　　　　　　　しかしあなたは
死者たちの夢なのだ
　　　　　　　　　　　　美しいものよ！
死者たちにあなたを説明させよう、あなたは
説明の中心になるだろう。名もないまま、
あなたは現れるだろう
　　　　　　　　　　　　美しいものよ
炎の恋人――
　　　　　　　　　　哀れな死者たちが

火のなかからわれわれに叫びかえす、火のなかで
冷え冷えと叫んでいる――書物を書いた死者たちは
からかわれたり大事にされたりして
　　もらいたいのだ

われわれが読むのは――炎ではなく
大火が残していった
廃墟である

大火災ではなく
死者たち（あとに残った
書物）である。読もうではないか・・・・

そして消化しよう――表面は
輝いているが、表面だけのこと。
掘ってみると――表面が
あるだけで、なかは
なにもない、鳴りひびく
逆さになった鐘、

　　一冊の書物となった
　　白熱のひと、鳴りひびく
　　空洞のむなしさ

ハーイあんた

ぶっ放して殺してやるって思ってるだろうね。けどほんとのとこ忙しくって手紙書けなかった。あっちゃこっちゃやたら。

十月から書いてなかったね、だから十月三十一日のことから書くわ（ついでだけど、三十一日、あの友達のB・ハリス夫人、パーティ開いちゃって、でもハイ・ブラウンとイェロウだけっていうんでわたしは招かれなかったよ）

でもぜんぜん気にしない、こっちだって（浮かれ騒ぎ）しちゃってたから。はやばやショーを見にいってさ、そいでクラブのダンスに行った。（ちょっといかしたこと）あった。いい気分。ほんとよ、あんた。

でも、あんた、十一月一日ガタがきちゃった、あんたも知ってるね、このところめちゃ（ジャグ）やっててさ、（ニューアーク行き）ってことで出ていったのさ。雨降ってた。ブレーキ掛

けたら車がギーッてスリップして、二三度回転して、がたがた揺れて、走ってきた方向を向いて止まったの。あんた、ほんと、そのあと二三日よ。あんた、やけどしやしないかこわくって、お湯をはんぶんしか入れてないバケツも持てなかった。

いまはあれがジャグのせいだったか車の横滑りのせいだったか分かんないけど、神経がまいっていたことだけは確か。けど言うじゃない、終わりよければすべて良しって。で十一月十五日にはあんた、マリファナやってもうなにからなにまで分かんなくなっちゃって、ほんと、マリファナやっちゃって。十一月十五日からはもうずっとまたやっちゃっているの。

けど今度は（男の子）の話。レイモンド・ジェイムズ・ピープルはシスとどうしてるかって、でもジョゼブル・ミラーに赤ん坊生ませちゃっていまは刑務所。

ロバート・ブロッカーはサリー・ミッチェルから指輪を取りかえしたわよ。

リトル・ソニー・ジョウンズはリバティー・ストリートの女の子が産んだ赤ん坊の父親だって噂。

サリー・マンド、バーバラ・H、ジーン・C、メアリー・Mはみんな赤ん坊ができてるって噂。三丁目に住むネルソン・Wっていう男の子がやがて生まれるうちの二人の父親よ。

・　・　・　・　・　・

追伸　あんた今度の手紙に、どうやったらそっちへ行けるか教えてくれる気ない？

レイモンドにわたしがこう言ってたって言っといて　アイ・バベタット・ハッチェ・イサス・キャシャトゥート

このしゃべりかたはやってるのよ。（タット）って言うの。聞いたことあると思うけど。この意味あんたなら分かるね。

D
J
B

さいなら

その後

美しいひとよ

あなたに会った

——

ええ、いますよ、と

「宿」のおかみが質問に答えて言った。

階段を降りて

（洗濯槽の横で）

おかみは微笑みながら

指で、なおも微笑みながら半地下の部屋を指して、
出ていったあと、ふたりになり（ふたりだけになり）
そこにあなたは病んで寝ていた。
（きみが病気だったとは
知らなかったよ）
壁ぎわの湿っぽいベッドで、ほっそりとした
からだをうす汚いシーツにしどけなく延ばしていた
・・・
どこが痛む？
（あなたは、ばれないように
作り笑いをした）
――二枚ガラスの小さな窓、
目の高さにある地面、焼却炉の臭い・・・
地獄へ戻った
ペルセフォネよ、あの地獄は深まる情愛の季節に
ついていけなかった。

――わたしは驚いて
呆然としており、じっと動かないあなたに見とれ、
介抱しようとかがみこむばかりだった――
あなたは見返して微笑み、ふたりはこうして
たがいにだまって・・・見つめあっていた・・・
あなたはぼんやりと応接し、火の燃えるのを
待ち、わたしは
付き添って、あなたの美しさに揺さぶられていた
あなたの美しさに揺さぶられていた・・・
揺さぶられていた。
――あなたは仰向けで、低いベッドに（待って）おり、
うえに泥のはねた窓が見え、神聖なシーツの
染みのついた汚れにくるまる・・・

あなたは両脚を見せてくれた、鞭で（子どものころ）
打たれた傷あとがあった・・・

本を読もう。心を（書物に付き添う心を）日中の
暑さに引きもどそう。書物もまた同様に
美しい――書物の乾いた美しさ――
鞭で打たれている

タペストリーの一頭の猟犬が
その刺繍糸の歯で、ユニコーンの喉から
深紅の血を引きだしている

・・・・・・・・白い猟犬がいっせいに吠える
――頭上の天井は、サン・ロレンツォの天井のよう
に、
彩色した長い梁がまっすぐに渡されている。
ドームやアーチより古い様式のもので、
もっと素朴で、縁も四角い

・・・従順な女王で、月に向かって
舌を出そうともせず、逆境のなかでも
従容として、しかも・・・
女王然として
悲運に、星の運命に、黒い星の運命に

・・・鉱山の夜に甘んじている

愛する者よ
すべてあなたのためだ、わがハトよ、たえ
ず
身を変える者

ただひとりのひと！
――白いレースのドレスのあなた
「瀕死の白鳥」
踵の高い靴を履き――もともと
背が高いのに――
あなたの頭は
誇張たっぷりでいえば

空に届いて空の
恍惚をくすぐるばかり
　美しいひとよ！
そしてパターソンの男らは
　ニューアークの
男らにやきを入れて
今後いっさい縄張りに
入るなと言って、それから
あなたの顔をまともに
　ぶん殴った
　美しいひとよ
運と念を込めて
　鼻をへし折った
それで思うのだが
目をつけられた女は
　みんな最後には
　鼻を折られて
その目印をつけて生きる
　美しいひとよ
　よそ者とは慎めという
戒めのためなのだ

それからまた乱交パーティ！
　がつがつとあなたは
男にされ女にされる
　美しいひとよ
むさぼり残したなにか？が
　どこからか
なにかの奇跡で免れていないかを

どの部分からかそれが
　覗いていないかを
　美しいひとよ
それとも失われたかを
　知ろうとするかのように――
三日あの同じドレスのまま
　とことん・・・

　　わたしには優しさがまるでない、
いたわりがまるでない

あなたに対して、あなたに対して、
言葉を左右にして、愛情がまるでない
照らし　だそう　いま
あなたの　いる　一隅を！
——炎よ、
黒いビロードよ、暗い炎よ。

（『パターソン』沢崎順之助訳、一九九四年思潮社刊）

IV　後期詩篇　1939–1962

原成吉・江田孝臣訳

時代のポートレート

WPAに雇われた男が二人
新しい人工水路に
立って

川を
眺めていた——
一人は小便をしていた

もう一人の
酒に酔った
赤い顔には

愛情不足の
昔ながらの
悲劇が見てとれた

そして黒い
服を
着た

やぶにらみの
老婆は
盛りが

過ぎた
キクの花束を
ぶよぶよの

胸に
しっかり
抱きかかえ

曲がり角で
男たちに
背を向けた

A Portrait of the Times（H）

飢餓の予言者

白い昼、黒い川
トタン板のような波、早い流れ——

汚れた都市の
尖った指輪
空の石は
滑らかで、じっと動かない

一羽のカモメが低く飛んでゆく
上流にむかって、鋭角に
傾けた嘴、その視線は
養ってくれる水に向けたまま。

The Predicter of Famine（H）

［以上「詩篇」一九三九‐四四年、より］

ダンス

ブリューゲルの偉大な絵「祭の市」では
踊り手たちは回って、回って、グルグル回る
人びとの歓声やラッパの音
バグパイプや角笛、それにフィドルの甲高い調べにあわせ
みんながお腹を突き出している（ビールを入れた
横のせり出たグラスのような太鼓腹）
回ろうとして、お尻とお腹が
バランスを崩す。尻を揺すりながら、祭の広場で地面を
蹴って、あちこちダンスは回転する。はしゃぎまわる旋律に
怖じ気づかないあの足は、まさに健康そのものだ
ブリューゲルの偉大な絵「祭の市」では
みんなが踊りに酔いしれている。

The Dance（H）

クリスマスが終わって緑の飾りを燃やしながら

その時期が過ぎると、はずされ
折られ、暖炉に投げ込まれる
――威勢のいい音をたて燃えあがる
もとの姿は跡形もない、きれいに燃える
炎のなかで、緑はすべて
消えていく、生きている赤
赤い炎、血のような赤が灰のうえで
目を覚ます――

やがて炎は落ちつき
再び燃えあがる火の床は
炎の風景となる

真冬の真夜中に
ぼくらは森に出かけた、ざらざらした
柊《ヒイラギ》、バルサム樅《モミ》、そして
栂《ツガ》、緑の枝をさがしに

真っ暗闇のなか
寒さの一番
きびしいときに、緑の木から
枝を切って、家に

持ち帰り、戸口の
うえや、赤いリボンを結び
紙にアルミ箔をかぶせたクリスマス
ベルを、その緑で飾った

二股の緑の枝を
窓に差し、編んだ花環《リース》を
つるした、そして絵のうえには
生きた緑を。マントルピースの

うえに緑の森をつくった
そして栂の小枝のあいだに
小さな白い鹿の群を
置いた、そこを鹿が

歩いているみたいに。これでよし！
みんなの心をなごませて
くれた。その時期が過ぎると
ぼくらはホッとする！　がらんとした部屋。暖炉の

冷たい火床にその飾りを
つめこんだ、なかば燃え尽きて
燻っている目をした薪のうえに、それは
赤く目を開けたり、閉じたりしていた

そしてぼくらはそこに立って見ていた。
緑は慰め
安らぎを与えてくれるもの、寒さから
守ってくれる砦（こうは口には

しなかったけれど）雪の
硬い殻のうえでの
怯むことなき挑戦。緑の木（これは言ったかも
しれない）、そこに

小鳥たちは隠れ、あちこち身をかわしながら
悲しげな鳴き声をあげ
仲間を呼び集める、小鳥のために緑は
無差別に飛んでくる

嵐の弾丸をくい止め
たたき落とす。雪の重さに
たわんだ緑の唐檜《トウヒ》
——その変形した大枝！

すさまじい力が飛びはね、姿を現した。
炎が立ちのぼり、そして
ぼくらの目が怯んだとき
臆病者！　とそいつは吠えて、活気づく。

ギザギザの炎のなかで、緑が
赤に変わる、その瞬間よみがえる命。緑が！
そのしっかりした接合が　・　・　・消えた！
心のなかに

そしてたちまち小さくなっていく暖炉の
トンネルになかに
ひとつの世界が現れた！　黒い
山、黒と赤——まだ

色を着けていない——灰の白
ちらちら光る灰と炎
生まれてまもない風景、ぼくたちは
その瞬間、我を忘れ

息をこらして、その目撃者となる
あの火から生まれた
輝く動物の群のなかに
生き返った自分たちを立たせたみたいに。

Burning the Christmas Greens（H）

忘れられた町

ハリケーンの日、私は母を乗せて
田舎から南に下っていた
木が道に倒れかかり、小さな枝が
車の屋根をかたかたと鳴らし続けた。
水が出て、三メーターを越え
自動車道路は通行不能となり、風は
ますます強く、雨が滝のように落ちてきた。河床の
新しい水路には、褐色の水が
怒涛のようにあふれ、街に戻るには
南西に延びる道をやみくもに
進んで行かなければならなかった。奇妙な場所を
次々に通過し、いままでとはまったく違う
印象を受けた。嵐のおかげで障壁が
なくなり、風変わりな「日常」が
あふれだしていた。聞いたこともない名前の
長い大通りには他に車はなく
どう見ても外国人としか思えない人びとは
酔っ払っているようだった。記念碑や建物
そしてある場所では大きな水たまりに
私はぎょっとした。一エーカーあるいはそれ以上の広さ
　にわたって熱い
噴水がいくつも吹き上げ、吹き上げられた水は
池の上で池と同じ形をつくっていた。公園だった。
どこなのか見当もつかなかった。大通りが
鋭角に交差するあたりのアパートには
奇妙で働き者の人びとが住み、見たところ
外の世界とはほとんど連絡もないようだった。
いつかまたここに来て、この人びとをじっくり
観察しようと心に決めた。なぜこの人びとは
外界から切り離され、新聞にも他のマスコミ
にも登場することがなかったのか？
大都市にこんなに近く、見慣れた名高いものに
四方を囲まれているというのに。　*The Forgotten City*（E）

〔以上『くさび』一九四四年、より〕

都市へのアプローチ

世間を耐えしのぎながら――
この街の神秘にぼくは
けっして愛想をつかしたりはしない。酒場の高窓に
飾られたドライ・フラワーが入った

三つのカゴ、工場のうえを
輪を描きながら飛ぶカモメ、汚れた
雪――すべてを銀色に変え、たえず
踏みつけられ、筋をつけられる

雪のもつ慎ましさ――でも
また降ってくる雪、空の静かな電線には
無言の小鳥たち、みんな一斉に
飛び立つときの

翼のざわめき。旗は重たい
空気のなかで鉛色の大地に
逆らってたなびく――無精ひげみたいな
枯れた雑草がスケッチされた

雪。この風景に愛想をつかすことなど
ありはしない、ここでぼくは元気をとりもどすのだ
いつだって。もっと派手なものには
そんな神聖さはないのだから。

Approach to a City (H)

[「詩篇」一九四五-四八年、より]

愛の歴史（その一）

それからおまえさ、おばあちゃんの花壇用に
糞を集めてきてはくれないかい？
それじゃあ、ちりとりとほうきを持ってね。
おばあちゃんがね、馬が通るのを見たんだってさ！

さあお行き。おまえ、何だって
へっちゃらだって、いつも言っているじゃないの。
おばあちゃんの花がよく育つように
近所の人には、あかんべえをするんだよ。

A History of Love 1（E）

軽業飛行

ムクドリが二羽
電線めがけて飛んでくるのが見えた。
でも、最後に
もうとまる寸前になって、空中で

そろってくるりと急旋回
後ろ向きに電線に舞いおりた。
これには驚いたね――風を
ものともせずにやっちまうのだから。

The Maneuver（H）

行為

雨にうたれて薔薇が咲いていた。
頼むから切らないでくれよ、とぼくは言った。
　　どうせもたないわよ、と彼女が言った。
でもそこにあった方が
　　きれいじゃないか。
フン、私たちみんな昔は
　　きれいだったわよ。
と言って彼女は薔薇を切り、ぼくの手に
　　渡した。

The Act（E）

道具

そいつが鳴るたびに
ぼく
かと思うけど、それは
ぼくじゃないし、だれのため
でもなくって、ただ
鳴るだけ、そしてぼくらは
そいつにいいや仕える
ぼくもみんなも

The Thing（H）

［以上『雲』一九四八年、より］

馬の品評会

いつもすぐそばにいるのに、六四年間生きてきて
昨日くらいあなたがわかったことはなかった、あるいは
　その半分も
ぼくは知らなかった。話をしたね。そんなに頭が
はっきりしていたことはいままでなかったし、場所や時
　間からも
あんなに解き放たれたことはなかった。互いに打ち解け
て
これまでふたりで話題にしなかったことを話しあった。
どの位ぼくらは待ったんだろう？　ほとんど百年になる。

あなたはこう言った、人間はね、なにか火種、なにか
魂みたいなやつを
自分の中にもっていなけりゃ、人生
生きてはいけない——そして私たちにあるのは
それだけなんだ。ほかに命なんてない。一度っきりだ。
あとにやってくる魂の世界は私たちのとまったく同じさ、
　そこに座っている
おまえみたいにね、やってきて私に話をするんだ、まっ
　たく同じだよ。
やってきては私たちを困らせるんだ。なぜだって？　ぼ
　くがたずねた。知る
もんかね。私たちがいま何をやっているか、たぶんそい
つを
見とどけにくるんだ。嫉妬だよ、おまえそう思わんか
ね？　どうだい。
なぜ奴らがこの世にもどりたいのか、私にはわからない
がね。

このまえ山で生き埋めになった男たちの話を
読んだんだよ、とぼくはかの女に言った、つまり
そのうちのひとりが二か月後に
自力で抜け出したんだ。スイスでの話だけど
覚えてないかい？　ちゃんと覚えているよ。村人たちは
成仏できない幽霊が化けてでた
と思ったんだね。みんな怖がった。もちろん奴らは
やってくるさ、とかの女は言った。おまえが言う

私の「ヴィジョン」っていうやつさ。いまおまえと話を
　していているみたいにね
奴らと話をするんだよ。はっきりその姿が見えるのさ。

ああ、昔みたいに読めればね！　おまえにはわからない
　だろうよ
私がこれまでどんな苦労をしてきたかなんて。私に
できるのは、もう一度あのころを
生きてみること、おまえと弟が
子どもだったころをね。——でも、いつもうまくいくわ
　けじゃない。

さあ、話しておくれ、馬の品評会のこと。それが
聞きたくて今週ずっと待っていたんだから。

お母さん、仕事を抜けられなかったんだ。
ああ、残念なことをしたね。ただの見せ物さ。
馬をあちこち歩かせて
その恰好で順位を決めるんだ。えっ
それだけ？　もっと別のものかと思ってたけど。そう、
馬は飛び跳ねたりもするよ。おまえがそこに行っていれ
　ば
よかったのにね、その話がとっても聞きたかったよ。

The Horse Show（H）

エレナ

背をかがめて、あなたは
手をふる
微笑みを浮かべて
指をきらめかせる
　おれは心で言う
　春が来た
　エレナはもう長くない

どれだけの雪が、どんな雪が
彼女を縛りつけてきたことか——
熱帯から来た彼女は
溶ける
　　　もう長くはない

マンゴーも、グァバも
もうとんと思い出せず
あるのはリンゴとチェリーだけ
さよならと手をふる
　春が来た
　エレナはもう長くない
　　　さよなら

彼女が死ぬと思っているのかね？
とその男は言った
死にはしないさ——少なくとも今のところは。
二日もすれば、また
元気になるさ。死ぬときが来れば
そのときは死ぬさ　　。

　　無理をしなければの
話よね、たくましい女が
口をはさんだ、男の妻だ。何を言っても
聞かないのよ。誰が言ってもおとなしくしないの。

彼女が死ぬときは、灯火のように
消えていくだろう。その男の妻が
彼女を歩かせようとすると、二度
三度気を失った。
完全に。だが、これまで決まって
意識は戻った。
　なあに、つい一時間前には
ベッドに座っていたんだ。十年
このかた見たこともないくらい
まっすぐに背を伸ばしてさ、鉄の棒みたいに
まっすぐだったよ。そんなこと言っても
信じないだろうけどね。死には
しないさ　。　二、三日すれば
またいつものように
食い物を探しまわって
大騒ぎをはじめるさ、まあ見てなよ
聞いてくれよ、とおれは言った、昨夜会った男が
言ってたんだが、そいつマーケットで

何を買って来たかというと
　　うずら二羽
　　まがも二羽
　　太平洋で獲れて
　　二四時間という
　　ダンジネス蟹
　　それにデンマーク産の
　　冷凍鱒
　　二尾

どう思うかね?
エレナはもう長くない（たぶん）
堅い枝いっぱいに
花を咲かす
柳と洋梨の木が
彼女を見送る——
報酬

（庭園）
　そして子供の叫び声は
　聞き分けがたく
聖なるかな、聖なるかな、聖なるかな
　　　（儀式ではなく
事実。　実のところは）
　　この世の
終わるときまで（それは今だ）

どうして彼女のために涙を流せるんだ?　ぼくには
できないな、息子だけれど——神との契約を
うやむやにしないのなら
流せるかもしれないが
　　　彼女は一人で逝くだろう
あるいは今のご時世に合わせて、粘土の
小像のかたわらで涙を流せ

（もし奇跡というものがあるのなら）
小さな聖アン像の欠けた
頭部が、一人の子供にキスされて
涙を流した
　彼女はそれほど孤独だった　　。

そして週刊誌Aが週刊誌
Bを――中傷あるいは侵害
あるいは怠慢あるいは監禁のかどで
訴える（どっちもどっちだが）　　。

エレナはもう長くない（だがたぶん
今ではない）

オネショ草が彼女に付き添う（あの
子供たちが来ていたのだ）

ジョウルズは言った、イオニア海の底から
上がったたっていうじゃないか、あの奇跡について
先生はどう思う？――彫像の
顔にキスして
涙を流させたという例の
娘っ子のことさ
　　　　ぼくは
見てないんだ
　　新聞に載ってるよ
目から涙が流れ落ちたんだ。
涙じゃなくて、何か他の変なものだったたって
ことにならにゃいいと思うよ。

ちょっと待ってくれよ。聖アンは
イエスの祖母だから、聖アンは
聖母マリアのママだったたって
ことになる。

　頭の「マ」は偉い文字だな――おれは白状した。
何だって？　そういえば、もうすぐ
イースターね――お前にはわかんないだろうけど。

そうだな。わかんないね。

川は冷たい世界の中で
火花を散らし

そいつは内輪もめかね？
じゃなけりゃ、ひとこと言ってもいいかね？
内輪もめです。

エレナはもう長くない。
錯乱した意識のなかで彼女は
恐るべきことを言った

あんた誰？　えっ、誰よ——
ぼ、ぼ、ぼくだよ。おれはどもった。
あんたの息子じゃないか。

行かないで。不幸な私を置いてかないで

何が不幸なの？　とおれ。

何がって何がさ。

（横でながめていた）女が
言葉をついだ
彼女ったら私を自分の父親だと思っているのよ。

さあ飲み下して。彼女自分で
やりたがるのよね。

たんを吐かせてやって。

やっと来たわね、二日後、正気に戻り
おれを見て母は言った

——でも、母さん、ぼくは
毎日来てたんだよ。

それじゃ、どうしてあの人たち

私の見えるところに、お前を立たせて
くれないいんだろう？

　　彼女今朝泣いてたのよ
女が言った、来てくれてよかったわ。

　　　　　　　　眼鏡を拭いて
あげるよ。

　　あの人たちったら、私の鼻の上にのっけるのよ！
私を猿みたいにして
笑ってるのよ。

　　　　ラ・フォンテーヌの
こと？

　　　　　　　お前さ、きれいさっぱりと
この世におさらばできる薬を
処方しちゃくれまいか、涙にむせびながら彼女は言った
　　――きれい

さっぱりと！

　　　　　　　そんなことできないよ
母さん（この腰抜けの大馬鹿
野郎！　とおれは自分に言った）

スペイン産のワインを少しばかりもってきたよ
パハレテだよ
　　　　　　パ・ハ・レ・テ
混じり気なしのスペイン産だ！　もう手に入らない
と思うよ。

(女が母の体を動かしはじめた)

けど、わたしゃうちの子を見ていたいんだよ
　　　　　　　　　　　　　　　。
ぼくも手伝うよ。

そこ（彼女の額）に
手（おれの手）を置かれるのは嫌だよ

——左の親指の爪を
おれの手に突き立てた
おれ自身の親指の甲は
彼女の手を抑えていた

。　。　。

「もし聖金曜日に肉を
食う犬がいたら、ぶっ殺してやる」
左の奥にいる患者が言った

それから三日後
お前が元気そうでうれしいよ
満面に笑みをたたえて、おれに言った。

だから彼女は死なないって
言っただろう、あれはただのショウコウ状態だったのさ
そう言うんだろう、と
汚いシャツを着た三日目の
無精ひげが言った

母さん、悪いけどぼくはあんまり役には
立てないと思うよ、おれは力なく言った
ワインを一本持ってきたよ
——イースターにはちょっと間に合わなかったけど

ほう、そうかい。どんなワインだい?
軽いやつかい?

シェリー酒だよ。

何だって?

ヘレズだよ。知ってるだろう、ヘレスだよ。ほらこれ。
(彼女に渡す)

またばかに大きいね! 私の赤ちゃんにしよう!
(両腕でボトルを抱きかかえる)
おお、いと清らかなる聖母マリアよ! こりゃまた重いね!
いまグラス一杯だけ

飲んでもいいかい？
食べましたか？　　　　　何か
食べましたか、ですって！　　何か
牡蠣を六個に——彼女は言った
魚もちょっと欲しがったわ——それ以上は
出せって言われても出せないわよ
バターをぬったパンを一人前に
バナナも一本よ　。
　　　　　　　　　　ひぇー！
——紅茶を二杯に、アイスクリームを
ちょっと。
　　その上、ワインが飲みたいときた。

体に毒かな？
　　　　　まさか、彼女なら
どんな毒も平気だと思うわ。
　　　　　　　　　彼女
世界の七不思議のひとつって
ところね、と彼の妻は言った。
　　　　　　　　（言葉にそいつを
記録させるのだ、一部始終を
錐で——
　　　穴をあけることなく。
——それに加えて、無精ひげの男に
　　　　ガラガラと音を立てる
破局的な過去に、微妙な
敗北に——鮮やかな神秘の
再現を与えるのだ　。
　　　　　　　　　　）

夕食にニラネギを食べたんだ、とおれは言った
何だって?

　ニラネギだよ！　ハルダがくれたやつをね、とうが
立ちそうだったんだ。他はみんなうさぎどもが
食っちまったんだ。パパの昔の
畑から採れたやつ程うまいのは
食ったことがないけどね　　。

　パパの昔の何だって?
こりゃ早晩、耳掃除をしてやらなきゃなるまい。

私の年は終わった。明日は
四月だ。栄光は消え
くっきりとした光も過ぎ去った。私のなかに
三月がなければ、冷たい太陽の
強さがなければ、ぐずぐずと
進まぬ時間を、耐え忍ぶことも
できないだろう。時間はあの重さ
いつも遅れてやって来ては、役にも立たぬあの贅沢に
逆らうのだ。私はとっくに
あの横木の間を、角張った輪郭の間を
泳ぎ抜けたのだ。私はとっくに
この一年を生き抜いたのだ　。

　エレナはもう長くない

あのカナリアは、とおれは言った、今も
朝食のとき、テーブルのところに飛んできて
とまるんだよ。つまり、ぼくらがいるのに
テーブルの上を歩きまわって
テーブルクロスをついばむってことさ
　　あら
そりゃ頭のいい小鳥さんね

　さよなら！　*Elena*（E）

やわらかな答弁

仕事をやめて、ヴィーユフランシュの
波止場で見た老人たちの
仲間になりたいって
思うことがあるんだ
先が二叉になった棒をつかって
浅い海でサザエを
とって暮らすんだ――
　　　　　　知ってるわ
と彼女は言った。春には、とりたいと思えば、
ほかのものも同じくらい簡単に
とれるって
言うんでしょう
でも、本当は、あなたそんなこと
したくないのよね？

The Gentle Rejoinder（E）

卵をだく七面鳥

日記にこれを書いておこう。
六五才のぼくの誕生日に
おしっこをしているかの女にキスをした
（きみの太股はリンゴの木
その花は空にとどく！）
六五才のぼくの誕生日に
かの女の乳房と取っ組み合いをした。
顔をそむけることもなくかの女は
　　　ただ微笑んでいた！
六五才の誕生日だものね！
（おしっこをしているかの女にキスをした）

Turkey in the Straw（H）

［「詩篇」一九四九－一九五三年、より］

オーケストラ

全能の太陽を
　天空へ押し上げる
　　小鳥たちの不協和音
それとそっくりの音の調べ――木管楽器
　クラリネット、ヴァイオリンが
　　長く引き延ばしたA音を奏でる！
ああ！　太陽、太陽だ！　いま顔をだし
その光線を投げかけようとしている
　　いつもと同じやり方で
わたしたちすべてに
　あくせく働く人たちや気楽に
　　暮らす人たちに
女たちや男たちに
　年老いた者たちに
　　子どもたちに、そして死を
迎えようとしている人たち、そして
　死んでベッドによこたわる人たち
　　光を永遠に
失った人たちに。チェロが
　やかましい高音のなか
　　勇ましく低音を響かせる――
A　A　A！
　いっせいに、まだ調音されない音が
　　共通の音を探し求める。
愛がその共通の音
　燃え立つ頭をもたげ
　　その音を響かせるだろう。
オーケストラの目的は
　音を組織すること
　　そしてその音を
集めて秩序をあたえること
　たとえ
　　「狂った音」があったとしても。では
考えてみようか、あるいは聴いてみようか。いったい
　まったく耳に訴えない音などあるだろうか？
　　なかば
目を閉じてみる。目で

音を聴くのではないのだから。
それはフルートの
音でもない、フルートと
ドラムが
織りなす音。わたしはすっかり
目覚めている。精神は
聴いている。耳を
そばだてて。しかし、あまり
その気にならない耳は
伸びをしたり
。　。　あくびをしたり。
そこで三列に重なった
ヴァイオリンが
場面に活を入れる
ピチカート。つかのまの
記憶のため、あるいは
聴衆の注意を引くため
主題が繰り返され
変奏が強調される――

主題を繰り返すのは
音楽の原則。繰り返し
そしてまた繰り返す
テンポが上がるにつれて。主題は
難しいもの
しかし、難しいのは
現実を解き明かすのも
同じ。繰り返せ
主題を繰り返すのだ
主題の変奏のすべてを
思考が涙に
溶けるまで。
眠ることのない記憶が
たえず
わたしたちの夢に
襲いかかる。
フレンチホルンが
割って入る
。　。　その声――
きみが好きだ。わたしの心は

無垢そのもの。そしてこれは
世界の最初の日！

みんなに言ってやれ——
「人類がこれまで生き延びてきたのは、あまりの無知ゆえ自分の望みを実現する術を知らなかったからだ。それが実現できるようになったいま、人類はその望みを変えなければならない。さもなければ滅び去るしかない」

いまがそのとき
「狂った音」があるにせよ
きみが好きだ。わたしの心は
無垢そのもの。
そしてこれは世界の
最初で（そして最後の）日

小鳥たちはいま新たにさえずる
しかし、ある形が
そのさえずりを超えたところにある。
小鳥たちに歌をうたわせるのは
人間の想像力。
それが形をあたえるのだ。

The Orchestra（H）

砂漠の音楽

——ダンスがはじまる。ひとつの形をめぐって終わる
ぐったりと、もたれかかり——フアレスと
エルパソの橋の上で——うす暗がりのなか、見分けも
つかない形をめぐって

待って！

ほかのみんなは待っていた。君が、歩道の上の
そいつを見ている間　。

生きているのかしら？

——頭も

脚も腕もない！
　　誰かが捨てたぼろ布の
袋でもない　　。　　　　欄干に
もたれて、まったく動かない　　。　　？
　　　人とは思えぬ無様な形
両膝を腹に抱え込んで

　　卵の形だ！
　　　　　なんてところに寝ているのだ！
国と国の境だ。　法と法のはざまの
ここ以外、邪魔されない場所がほかにあろうか？

言うべきことを、どうやって言ったらいいのか？

詩だけだ。

正確な韻律に合わせて刻んだ詩だけだ。

自然を模倣するのだ、コピーするのではなく。自然を
コピーするのではなく
ひれ伏して、自然をコピーするのでは断じてなく
　　　ダンスだ！　その男とともに
ダンスを踊るのだ――
　隔離され、そこに眠っている男と組んで。
　　　　　天地無用に！

　ひとつの音楽が
その男の落ち着きに取って代わる。遥か彼方から
ぼくらに呼びかけながら　。　。
　　　そしてダンスを目覚めさせる。
それは男の感覚のない指に息を吹きかける！

　　　　　　　詩だけだ
作られた詩だけだ、言うべきことを
言うには。自然をコピーするのではなく。ぼくらの喉に
引っかかっているものを吐き出すには　。

法は？　法が与えてくれるのは
死体だけ。汚らしいマントに包んで。
法の頼りは、引き延ばされた殺人
と監禁だけ。
だが、無感覚の音楽を追い求めるこいつの
頼りはダンスだ――
　　　　　　　　　　　　　自己実現の苦悩、それが
ぼくらを取り巻くものによって
ひとつに束ねられる　。
　　　　　　　　　　　　　ぼくは逃げられない
吐き出すこともできない
詩だけだ！
作られた詩だけだ。「動詞」がそれをこの世に
　　　　　　　　　　　　　　　　　　生み出す。

　　　　　――そいつは男にしては小さすぎる。
女だ。あるいは、しなびはてた爺さん。
たぶん死んでいる。まあ、そのうち連中が見廻りにきて
荷車で運び去るだろう　。
　　　　　川に投げ捨ててしまえ。
それが一番だ。
カリフォルニアを後にして東部へ戻る。肥沃な砂漠が
　　　　　(水があればの話)
ぼくらを取り巻く。生きるか死ぬかの音楽、抑制のきい
た、遠く
　　　　かすかな。夕闇のなかで
ぼくらはそいつに呑み込まれて、風が砂を巻き上げ
　　吹き運ぶのを見た、ぼくらはユマを
通過した。エルパソの友に会いに行くぼくらは
　　夜の間
何度も目を覚ました。ぼくはパリを想いながら、レール
の音に

目を覚ました。荒々しい
砂漠　。
――そのあと
見たこと、聞いたことを言うために
――ぼく自身（ぼく自身の
自然のまま）を自然のかたわらに置くために
――自然を
模倣するために（というのも自然をコピーすることは
恥ずべきことだから）
ぼくは身を横たえる――

最初はオールドマーケットがいいだろう
ここを通り抜けて行こう――
このあたりの路地じゃ
テキーラ一杯たったの五セントなんだ。
でも入っちゃだめだ。　いやいや、昼間のこの時間なら
大丈夫なんだが、前にHがこのあたりの酒場で
ひどい目にあったの見てるんだ。自業
自得だがね。殺されたいのかと
思ったよ。　ぼくは
飲むときは表通りでやるよ　。

あれが闘牛場だ。
あれがそうなの！　光の変化に目が慣れると
フロスが言った　。
あの色を見て！　なんて
すてきなんでしょう！

――紙でできた花（パラ・ロス・サントス）
赤粘土の素焼きの皿、青で下手な
絵が描いてある、銀のナイフとフォーク
乾燥とうがらし、たまねぎ、模様の入った布、子供用の
服　。　まるで人のいる気配がない
露店にひとりふたりのインディアンが
座りこんでいるだけ。まるで眠っているように
われわれに気づかない（だが本当はちがう）。

二階もあるけど、　上がって
みる?

どうしてテキサスの人って背が高いのかしら?
今朝見たミンクのケープの女の人は
まちがいなく一八〇はあったわ。　すごかったわ!
ブロードウェイ向きだったね。

――ほかにもこんなもの見たのよ――あの小さな公園の
木立の中で
百万羽もいるかと思うような雀たちが
気も狂わんばかりに鳴いていたわ、　バスの
留まるところよ。　街のこのあたりで
あの砂嵐を避けるのには
うってつけなんだと
思うわ　。

このあたりじゃ「テキサスの雨」って呼んでるんだ。

――それに、泉の中にいる、あの二匹のワニ　。
四匹だよ

二匹しか見なかったわ

君のことを
ずっと見ていたね　。

小銭をおくれ!　だんな、小銭をおくれよ!

やっちゃだめだよ。

。　みんな
汚らしい指につかまれないように
むき出しの手を本能的に引っ込めている
心の中で漠然とした懸念がささやき
音楽がわき起こる　。

ここに入ろう。

音楽だ！　背後で
バーのドアが閉まると途絶える
まだあと
三十分ある。
——通りに戻る
露店から露店に、しつこい声が
追ってくる。　向かいには、同じくらいしつこいが
もっとましな店が軒を並べている。　なかに入って
どうぞご覧ください。　買わなくても結構です　帽子に
カウボーイ・ブーツ、毛布など取り揃えております　。
まあ
あのインディアン女の赤ん坊のおぶり方を見てよ。
ショールにつつんで首からぶら下げてるわ！
——スペイン語で
鋭い大きな目をして、まだ少年の夫と
ひっきりなしにしゃべりながら通りすぎていく

——そして、三人の大人になりかけた女たち。　ひとりが
ザクロをほおばっている。　みんな笑いながら。
そして真剣な目つきの旅行者
夫と妻、中年、中西部風のいでたち
両腕に戦利品をかかえている、小声で
話しながら——まだ掘り出し物を探している　。
アニリンで
赤と緑に色づけしたキャンディーを売る小さな露店
店番はインディアンの老婆ひとり。
あんなもの本当に
買って——食べる人がいるんですか？
わたし足が棒になりそう。
まだ二、三分ある。
ここをのぞいてみようか。　先月市長が
捕まってね。　街の売春宿から毎週

三千ドル取ってたんだな。　女の子たちにはたいして
残らないわけさ。　ちょうどショーがはじまる。
　　　　　　　　　　　　　　　　　客がいるのは
二、三のテーブルだけ。　ごく普通の楽団が——しばら
　くすると
盛り上がってくる——このあたりでよく聞く
けたたましい音楽をやっている——踊っているのは若い
　男と女。女には
　　　　　　　　　　　　　　ステージのそでに
親しい男がいる。　笑いながら——ちょうどひと踊り終
　わったところ。
次のショーまで一杯やろう——次はストリップだがね。
ほんとかよ？　こりゃたまげた！　彼女を見なよ。
　　　　　　　　　　　　　　　　　まあ、
酔っ払っていなきゃ、見られた代物じゃないがね。
あの女はメキシコ人じゃない。合衆国のどっかから流れ
流れてここにきたんだ。　あの胸を見なよ。

あの女が腰を振って
数珠つなぎのスパンコールを
ゆらすのを見ていると
つい引き込まれる

体をくねらす。だが
誰もが思うくねらせ方ではない
誰も彼女の腹を見て
喜びはしない。

だが打つものがある。
退屈なショーを見てではない。
ギタリストはあくびをする。彼女は
歌さえ歌えない。彼女の

塗りたくった厚かましさを
一枚の薄絹がおおい
刺繍されたかわいい鳩が

翼をはためかす。

冷めた目がお座なりに嘆いて
みせるが、微笑みは
しない。だが、ある種の
あけすけさのお陰で、
愛を囁き、媚を売る。

重たそうな体だ。
それがいいのだ。ひとりで
背を伸ばして座っている
禿かかった男のテーブルにやって来て
のしかかるように
体を前に傾ける。おかげで
何もかもが、ぶらりと垂れ
下がる。
　にやにやして
一体何を
考えてるんだい？　まさかあの女を
見てじゃないだろうな？

　音楽だ！
おれはあの女が気に入った。　あの音楽に
ぴったりなのだ　。

このインディアンたち、連中の魂とか愛とか、へどの出
るようなおしゃべりはやめにして、なんかちがった調子
のものを歌ってくれないものかね？

この場所にはそいつが染み
ついている。少なくとも
あの女は自分がもうひとつ別の曲の
一部であることを知っている。
なじみの客が何を考えているのか知っている。
彼らに対し
ぼくと同じ考えを
持っている。それが彼女を
もう一段引き上げる　。　もう一段
まやかしの音楽にあわせて
踊る女を　。

もうひとつ別の音楽がある。　どぎついキャンディーの
　ような
裸のおかげで、彼女は不意に上昇し
その曲とひとつになる　。
　　　　　　　　あの岩の上のアンドロメダ
彼女の心の中の処女　　。　あの、この世
　のものとも思えぬ
緑や赤
　　　　　　　　美徳を嘲笑する彼女が
どうしたものか美徳そのものになる　。
　　　　　　　　そんなそぶりは
少しも見せはしないが　。

こんなとこ出ましょうよ。

　　　　　　　　　　　　通りに出て
歩きはじめると、そいつがまともに顔に当たってきた。
　あるいは

ぼくは詩人を気取っているだけなのか？　そいつを
でっち上げようとしているだけなのか？　ぼくは思った。

ファレスにあるメキシコの安酒場で年増の
売春婦がむき出しのケツを激しく振る。
その姿の何が、おれにはこんなにも
新鮮なのか？　このヌメヌメから
こんなに甘美な音色を、何がおれの耳まで
　引っぱり上げるのか？

さあ、ここだ。連中はじきに来るだろう。
バーは入り口の右手にある。
その反対側にあるテーブルの間を抜けると
その向こうにダイニングルームがある。

酔っ払った四人組の客——太った
もう若くないアメリカ人が二人、帽子から
何からカウボーイの格好をし、自分の女と
いちゃついている。女たちも酔っている。

とりわけ、ひとりの女がでかい方の
自分の男をせき立て、ヒュッヒュー！　狭
　いフロアで
はためも気にせず踊りだす。
女は疲れ知らずで踊りつづけ、男はふらふ
　らしながら

女に合わせようと頑張る。
そらあんた、もっと速く！　ヒュッヒュ
　ー！　ぼくらは
彼らのわきを抜けて、ぼくら七人のテーブ
　ルに
つく。まわりのテーブルで

食べているのはどれも静かな家族のグルー
　プ。子ども連れの
家族もいる。通りで見かけるよりは
ましな階層の
連中だ。だからこの店にしたんだ。ここか
　らは

調理場の中が見える。
コックのひとりが、腕を
まくり上げ、アイロンのきいた
スーツの上にエプロンを

垂らし――黒い髪をきっちりと分けた
背の高い
ハンサムな男だ――まな板の前で
無我夢中で手を動かしている。

みんなウィスキー・ソーダでいいかな？
　　さあ、こっちが詩人のウィリアム・
カーロス・ウィリアムズだ。
　　フロスとわたしが、四つ切りにしたレ
　　タスの芯を
半分食べてから、他の人たちを見ると、
彼らは自分たちのレタスに手もつけていなかった。

普通の方のようにお見受けしますが、　ひとつ教えてく
　ださい。　なぜ
詩を書くのですか?
　　　　書きたい詩がそこにあるからです。
ああ、　インスピレーションの問題ですね?
　　　　　　　　　　　　　　必然の問題です。
ほう、　でも何かきっかけがあるのでは?
　　　わたしは脳味噌が何の目的も
　　　なく散乱してしまった
　　　　　　　　人間だ。
　　　　　　　　　　　　——そうして
一時間がたち、うずらも食べ終わり、ぼくらは
エル・パソに戻る。

　　　　　　　　　　　　　　　　おやすみなさい。おやすみ
なさい。どうもありがとう　。　いや、結構。歩いて
戻ります　。

——そうして、またしつこい指が手に
からみついてくるのを感じる　。
　　　　　　　　　　　　　　　　だんな、小銭をおくれ。
小銭をおくれよ。
　　　　　　　そら、やるから、あっちへ行ってくれ!
——だがあの音楽が、あの音楽がまた目覚めてきた。
われわれは通りのにぎやかな一角を離れ
なかば闇につつまれた橋にまた戻ってくる。
料金を払い、再び渡りはじめる
エルパソの向こうの山に明かりが
見える。われわれは立ち止まる。もっとコインを投げて
　おくれよと
浅瀬に立って叫ぶ

少年たちをながめる　。　そうだ、あそこに
詩を書かせるものがある。あのぎょっとさせられる
指のいとわしさのなかに。

そうですか、詩人ですか？
やめられれば一番いい仕事だ――半分酔っ払って
ベルトの下にはただの夕食、たとえチフスに
かかっているとしても――まあ、少なくとも話ができる
人たちに会えた。

変わることのない、終わることのない、不
可避で
執拗な音楽からちょっと逃れて息抜き　。

息抜き以外に、ラテンの人々よ、君たち自
身は
ほかに何を求めているのか？
君たちは表情も変えず、騒々しい音を立て、われわれに
君たちの魂と愛をご馳走し、われわれはそれを
呑み込む。スペイン人たちよ（もっとも、かれらの大半は
インディアンたちで、独立記念日には
白人野郎を街中追い回し
殺しかねない）　。

何だあれは？
なんてこった。

だが、何なんだあれは？

音楽だ！　あの
音楽だ！　あのカザルスのチェロの
深い響きと同じだ。
わたしは言葉を失う　。

橋の欄干が
内側に突き出たところにそいつはすわっていた
ぼくは呆然と立ってそいつをながめた――
うす暗がりの中で――形もなく、というか元の
形に戻って、腕もなく、脚もなく

頭もなく、暗い片隅に果物の種のように
押し込まれて——あるいは
流れに逆らって泳ぐ魚のように——あるいは
子宮の中で生の模倣を準備する子どものように
恐るべき希望に満ちた誕生を嫌い
生まれることを忌避する子どものように。　あの音楽が
そいつを、その粘液を、そいつをつつむ粘膜を守る
ぼくらの精神の海を
汚す麻酔のインクだ——ぼくらを近づけないため——形
　がなくなる寸前まで
形を脱ぎ捨てて
音楽だ！　守ってくれる音楽だ　。
　　　　　　　　　　　　　　　ぼくは詩人だ。
そうだ、そうだ。ぼくは詩人だ。あらためて思った、恥
　じ入りながらも。
今、あの音楽が一斉に聞こえてくる。孤独な
瞬間に聞こえるあの音楽だ。それは、今や
至るところにある。　ダンスだ。「動詞」がそれ自体
　から離れて
「行為」そのものとなる。

　そして、ぼくは考えずにはいられない
　あの音楽を聞くことのできる
　脳の驚異と、時にそれを
　記録していくわれわれの技について。

The Desert Music（E）

［以上『砂漠の音楽』一九五四年、より］

すずめ

——父に捧ぐ

ぼくの窓辺に
　やって来る、このすずめは
　　自然の真実を超えた
詩的真実だ。
　その声
　　　その動き

その習性――
　翼をぱたつかせて
　　砂浴びするのが
大好き――
　すべてがその証だ
　　仮に、しらみを振り払うために
そうするのだとしても
　すずめは、その快感に
　　おもわず
陽気な鳴き声をあげる――
　それはほかの何よりも
　　音楽につながっている
ものだ。
　春の初め
　　どこであろうとも
場末の街であれ
　宮殿の庭であれ
　　すずめは
ごく自然に
　愛を営む。

　それは卵の中で始まる
すずめの性がそれを産み出す――
　もったいぶった人間の性ほど
　　役立たずなものがあろうか？
人間はそれゆえに
　自分たちを立派だと思っているのだが
　　それはわれわれの
破滅につながることが多い。
　声高に威嚇する
　　雄鶏も、烏も
チュッチュッチュッチュッと
　ひっきりなしに鳴き続ける
　　すずめにはかなわない！
以前
　エルパソで
　　夕暮れ時
ぼくは見た――そして耳で聞いた――
　砂漠の方からやって来た
　　一万羽のすずめが
木の枝に

とまるのを。すずめたちは小さな公園の
木々をいっぱいにした。みんなは
落下物から逃げ出し
公園は
（耳をつんざかれて！）
噴水池に
棲む
ワニのものになった。すずめの姿は
誰でも知っている
高貴な一角獣と
同じくらいに。近頃は
昔ほどオート麦を食べなくなった。
残念だ——
すずめも
もっと楽に暮らせるのだろうが。
それでも
その小さな体
鋭い目
便利なくちばし
そしてその獰猛さで
生き延びていく——
子沢山は
言うに
およばず。
日本人さえもが
すずめをよく知り
共感を込めて絵に
描いてきた
そのごく小さな
特徴までも
余すことなく。
その愛の営みには
少しも
狡猾なところがない
すずめは雌の前に
うずくまり
両翼を引きずりながら
ワルツを踊る
頭をのけぞらせ
高い声で

　　　　鳴くだけ！　すさまじい
声だ。
　　板にくちばしを
　　　　こすりつけて
掃除する様子は
　　小気味よい。
　　　　することなすこと
みな小気味よい。赤茶けた
　　額が
　　　　いつでも勝者だという
ことを
　　示す——ところが
　　　　前に見たことがある
雨樋の縁に
　　意を決したように
　　　　しがみついていた
雌のすずめが
　　雄の頭の毛をくちばしでつかんで
　　　　捕らえるのを。
雄は
　　声も立てず
　　　　しゅんとなってしまい
通りの真上に、ぶら下がっていた。
　　雌が
　　　　放してやるまで。
何のためにそんなことを
　　したのか？
　　　　雌の方はそのままそこに
ぶら下がっていた。
　　あまりにうまくいったので面食らって。
　　　　ぼくは腹を抱えて笑った。
けっして現実から離れることがない
　　最後に勝利するのは
　　　　すずめの存在という
一篇の
　　詩だ——
　　　　舗装道路の上でぺちゃんこになった
ひと房の羽毛
　　空を飛んでいる時のように
　　　　左右対称の翼

頭はなく
胸の黒い紋章も
見分けがたい
浮き彫りとなったすずめ
干乾びた薄パンになった
すずめは
言う
いやみもなく
美しく――
これはぼく
一羽のすずめ。
精一杯生きたよ。
さよなら。

The Sparrow（E）

画家たちに捧げる

サチュロスのダンス！
すべての奇形が舞い上がる
ケンタウロスに
リードされ
乱舞する音だけのコトバ
ガートルード
スタインの作品――しかし
ただのおふざけで
芸術家に
なれるわけはない
夢は
追い求める！
パウル・クレーの
ステキな形が
キャンバスをいっぱいにする
しかしそれは
子どもが
描いた作品ではない
おそらく、救済は
アラビア芸術の
抽象で始まったのだ
デューラーは

「メランコリア」で
それに気づいていた――
うち砕かれた石造建築。レオナルドは
それを強迫観念と
見て、あざけりの
微笑みを
「モナリザ」に描いた。
ボスの
苦悩する魂の集まり、それを貪る
悪魔たち
魚が
飲み込むのは
自らのはらわた
フロイト
ピカソ
ホアン・グリス。
ある友人の手紙に
よれば――
この
三日は

赤ん坊のようにぐっすり眠った
酒や
薬のたすけもかりずに!
ぼくたちは知っている
サナギから孵った
「停滞」が
その羽を広げたのを――
牡牛のように
あるいはミノタウロス
あるいは第五交響曲の
スケルツォで
力強く足を踏みならす
ベートーヴェン
のように
ぼくは愛が
裸で馬に乗っているのを見た
白鳥に
魚の背に
血に飢えたアナゴに
そしてぼくは笑った

仲間といっしょに
　大きな穴に入れられたあのユダヤ人を
　　思い出しながら
機関銃を構えた
　無表情の男がその人山に
　　弾丸をあびせかけた。
その男は
　まだ弾に当たってはいなかった
　　笑みをうかべて
撃たれた仲間を慰めていた。
いろんな夢がぼくをとらえて放さない
　そしてぼくの思考の
　　ダンスは
動物たちを
　汚れなき獣たちを仲間にむかえる
そしてたったいま
　はっきりわかったのは
　　イメージのもつ暴虐性
その本当の意味

　　そして画家たちが
　　　いかに
その芸術のなかで
　それをうち砕く
　　術を学んできたかを
それがどのようなものであれ
　混乱した精神も
　　やがて
静かになり
　再び
　　眠りにつくのだ。
　　　Tribute to the Painters（H）
［以上『愛への旅』一九五五年、より］

ブリューゲルの絵（抄）

一、自画像

赤い冬の帽子をかぶって、微笑んでいる

青い目
頭と肩が

キャンバスをふさいでいる
両腕を組み、大きな耳が
片方、右の耳がのぞいている

顔を少し傾け
首のあたりに粗末な
ボタンがついた

重たいウールのコートから
だんご鼻がのぞいている
しかし赤くはれた目から

この男が目をかなり
酷使してきたことがわかる
でもその繊細な手首をみれば

男が肉体
労働には不慣れで
伸びたブロンドの髭は

きちんと手入れしていない
あらゆる時を惜しんで
男は絵を描いたのだ

Self-portrait（H）

三、雪中の狩人

絵のすべてが冬景色
背景には寒々とした
山なみ、時は夕暮れ

左手から
狩りを終えた
逞しい狩人たちが猟犬を

連れてやってくる
留め金が壊れ、ぶらさがっている

宿屋の看板には牡鹿の絵

その角のあいだに十字架像、冷たい
宿屋の庭は
放ったらかし、風にあおられ

燃えさかる大きなたき火だけ
そのまわりで女たちが
番をしている、その右手の丘の

むこうには、スケートをする人たちの姿
それらすべてに関心を抱いた
画家ブリューゲルは

冬枯れの茂みを
前景に描き
この絵を仕上げた　。　。

The Hunters in the Snow（H）

九、盲人の喩え

恐ろしいけどみごとなこの絵
色彩に赤のない
盲人の喩え

その構図は乞食の一群が
下方にむかって
互いを導き

片方の端から
キャンバスを斜めに横切りながら
しまいには誤って泥沼へ落ちるというもの

そこでこの絵と
構図は終わる　背景には
目明きはひとりも

描かれていない　一文無しの
無精ひげを生やした顔　手には

わずかばかりの
哀れな持ち物　百姓家に
あるような洗い
桶が見える　そして教会の塔も

光を見るように
顔を上げている
細部にわたって構図に無関係なものは

何ひとつない　人は杖を手に
他人のあとについていくのだ
誇らしげに　惨事にむかって

The Parable of the Blind（H）

歌

美は海が
くれた貝殻
女は海に勝者として君臨する
愛が女をものにするまで。

返す波の調べに合わせて
彫刻された
帆立貝と
獅子手貝

消えることのない抑揚は
反復され
やがて耳と目は同じ
ベッドに横たわる

Song（E）

モリツグミ

ああ、よかった　どうにか間に合った
モリツグミが
ぼくの庭に飛んでくる

雪が降るまえに
小鳥はだまってぼくを見る　身動き
ひとつしない

そのまだらな胸が映し出すのは
痛ましい冬の
想い　愛しいおまえはぼくのもの

The Woodthrush（H）

ホッキョクグマ

その毛皮は雪ににている
深い雪に
襲いかかり、息の根を止める
雄の雪

静かに、雪が降るように世界を
音もなく包み込み
眠らせる、そして

中断された静けさがもどってきて
わたしたちと一緒に横になる
その腕を
わたしたちの首にまわして
残忍なのはしばらくの間

The Polar Bear（H）

やさしい手つき

花が
　　咲き終え
落ちているのを
　　　女は
見た
　　手つかずの
ピンクの花びら
　　女は

それを
茎の先に
きように
もどした

The Loving Dexterity (E)

その絵

黒からはじめる、あるいは
終わるのが
黒

かの女の敗北の印は消えない
ソルボンヌ
仕込みの

繊細な
ブロンドの髪に
それは残っている

これがかの女の
最後のくっきりした
行為だった

冷静な目で描かれた
子どもの
ポートレート

それは
みごとな
絵

それから彼女は結婚、そして
別の国へ
行った

The Painting (H)

習作

ぼくは頭が
混乱して気分がすぐれない
つまり、この四月という月を

これまで
我慢してきたのだ
友人を訪ねては

うちに戻った
夜おそく
ぼくは見た

薄汚いカラーをつけた
どでかい黒人を
そのカラーが

男の
巨大な喉元を
絞め上げているように
みえた
男がぼくを見たか
どうかは

わからなかった。男は
ぼくの
すぐ前に

座っていたが。どうすれば
ぼくらは
この現代という時代から逃げ出して

もう一度
息がつける
ようになるのか

An Exercise (E)

ぼくの友だち、エズラ・パウンドへ

あるいは、ユダヤ人か、あるいは
ウェールズ人なら
ノーベル賞はきみのところにいくと思うね
そいつはきみにお似合いだ
　　　　——永劫に
その賞の名前とともに

もしぼくが犬なら
冷たい舗道にすわって
雨のなか
友だちを待つ（そしてきみも同じことをするだろう）
もしそうすることがぼくにとって喜びなら
たとえそれが一月でも、あるいはそれがズーコフスキー
　でも

きみの英語は
明確さを極めたものじゃない
詩の作り手として
きみは本音で語る、「高利」に口をつぐむことは
詩人失格なのだ

To My Friend Ezra Pound （H）

［以上『ブリューゲルの絵』一九六二年、より］

散文

オーストラリアの編集者への手紙

ウィリアム・カーロス・ウィリアムズ

原成吉訳

　手紙でお答えしたいと思います。現在オーストラリア、あるいはアメリカにおける詩の状況について伝えるのに、もっと改まった方法もありますが、それが手紙よりふさわしいとも思えません。それに、いまは休暇中で（タイプライターは手元にあります――それに妻も！）ボストンの西にある山の中にいるので、いまのわたしの気持ちをお伝えするには手紙がしっくりきます――電話であなたと話をするなら別ですが――今朝デンヴァーの近くにいる知り合いから、子どもの具合が悪いのでどうしたらよいかという電話がありました。そのときわたしたちは遅い朝食を食べていました。電話の向こうは朝の六時とのことでした。オーストラリアとの時差を考えると、あなたと電話で話をするとすれば、そちらは明日に近い時刻になることでしょう。しかしわたしの知る限り、こちらとそちらでは緯度はさほど違わないはずです。これからわたしがお話しする「現代詩を書く」ということについての問題は、距離的にはかなり離れているあなたの国の文学状況にもあてはまるのではないかと思います。

　今朝ベッドに横になりながら、あなたの質問にどう答えるべきかあれこれ考え始めたのですが、つまるところそれは「精神が精神を生む」という考えにいき着きました。これは否定しようがありません。ニュートンがアインシュタインを生み、ニュートン自身は母親不在の単性生殖でアルキメデスから生まれたのです。ですから女性は、芸術にとってのアクセサリーとしか見られてないわけです。これは現在のニューヨークにみられる同性愛の傾向を解き明かす哲学的基盤になるかも知れませんが、芸術と直接かかわるような重要な問題であるとはわたしは考えていません。ジョイスがハムレットを発見して以来、これまでさんざんたたき込まれてきた考え方があります。人（男）は自分自身の父親を求める――つまり精神的な意味での父親探しです。あなたはどう考えますか。わたしが言いたいのは、世界の偉大な作品のなかで、しばしば精神が精神を生んでいるという事実です。しかし、これで問題が解決するかといえば、けしてそうではありません。

エズラ・パウンドというアメリカの詩人がいま陥っているジレンマについてご存じかどうかはわかりませんが、彼の作品についてはご存じでしょう。枢軸国がわたしたちに宣戦布告してから、パウンドはイタリアからアメリカ合衆国に向けて、ラジオで非合法な演説をしたために連合国側によって逮捕され、今はワシントンDCにある精神病院に収容されています。エズラはわたしの古くからの友人のひとりです。わたしは彼を提訴しようなどとは考えていません。エズラとわたしは、何年ものあいだ政治的には正反対の立場ですが、詩においては新しいポエジーの発生にかかわってきた同志なのです。わたしたちは何年も前に別べつの道を選びました。パウンドはヨーロッパで自分と同等の知識人たちのなかを渡り歩き、わたしはアメリカを離れることなく、自分の仕事の刺激をこの土地で発見しようと苦しんでいます。もっとも、わたしにそれを書くことのできる才能があればの話ですが。エズラはあわてて外国へ旅立ちました。他の人たちがそのあとに続きましたが、それはいまの問題とは関係ありません。エズラは、精神を豊かにするのは精神であると思いこみ、環境は取るに足らないもの、そして自我とは偉大なものであり、この世界ですべきこととは、今も、そしてその当時もヨーロッパへ行くことであると考え、それを実行したのです。

エズラにとっての精神とは、いわば鳥のようなもので、この鳥は、雌の鳥も巣といったものもなしに、空中から生まれるのです。精神という鳥は時代や場所を飛び越え、細胞分裂によって永遠に不滅な存在ではないにしろ、少なくともエズラの場合は、グイード・カヴァルカンティ［トルバドールの詩人］の肩からその全貌が現れたのです。これは太古の昔から古典の世界を支配してきた魅力的な考えであり、そこからエズラ・パウンドの初期の傑作が生まれたのです。

しかしパウンドの初期の作品は特異なものなので、わたしはそれを「翻訳」と呼んでいます。そして実際のところ、詩人とは「翻訳家」なのです。パウンドは、わたしたちの言語がこれまでに生み出した最高の詩の翻訳者と言えるでしょう。詩人は自分の商売をこつこつやっているかぎり偉大なのです。その商売とは、古典からじかに翻訳し、時代の富を後世に伝えること。あるいは、自分の放浪の確かな基準のためにその富を使うこと、そして古典作家の完成された作品のなかを重たい足を永遠に引きずりながら歩くことです。パウンドがこれを続けているのは、彼のすばらしい徳のなせる技なのです。

そういった「翻訳者」は詩を作るときでさえ、過去の詩の形式（フォーム）、あるいは古典の固定した形式から離れようとするときですら、意識的に避けようとしている過去の巨匠たちの作品と同じものを作っているのです。それを最高の独創性と呼ぶわけです。しかし最良の場合でも、彼らが呼吸しているのは、政治的な隔たりなどお構いなしに過去を反復することで薄くなってしまった空気にすぎないのです。彼らの作品は、そのすべての思想の父親となる古典から、単性生殖で生み出されたものなのです。

パウンドの場合、初期の作品のどれひとつとして、この基準にあてはまらないものはありません。誤解のないように言っておきますが、若いころ、作家として直面する問題に答えを与えてくれたのはパウンドでした。パウンドはわたしの恩人です。このところパウンドは孔子の研究に戻っていますが、彼の精神は混乱しています。実際のところパウンドは、これまで過去について研究を重ね、その類い希な直感によって真価を示してくれました。そして彼は自分と同じ知識を持っている作家はこの世にはひとりもいない、と信じて疑わない。「おまえは何を読んできたのか？」といまでもわたしを非難します。パウンドが詩を活性化してきたエネルギーのすべてはここにあるのです。

わたしはパウンドほどたくさんの本を読んできませんでした。他にもすべきことがたくさんあったからです。彼の読書量には歯が立ちません。わたしはあまり多くを知ることはできない、と彼には思えるのでしょう。では、その膨大な精神をもたないわたしとはいったい何なのでしょう。エズラの友だちです——しかし残念ながら憶えの悪い弟子なのです。弟子というのはキーワード、彼は教えたくてたまらないのです。さもなければ、わたしはどうなる？　とエズラは考える。わたしの精神はしりごみしてしまうのです。

その先は見えないのです。それは彼の精神、そして非凡な創造的才能——偉大な天才——の終わりなのです。

偉大なものたちが支配し、指導しなくてはならない、それは文学においてだけでなく政治においても同様です。エズラの精神は、いかなる政治的必然性をも越えた崇高なものなのです。その精神がラジオ演説を決意すれば、それを実行するでしょう。他の精神を要約してしまったとき——彼の精神の働きは止まってしまう。

エズラ・パウンドとアメリカ合衆国政府のあいだで論争中の問題に、終止符を打つべきだなどと主張するつもりはありません。わたしが言っているのは、もしパウンドの精神の働きがわかれば、彼がこれまでしてきたことはきわめて論理的で納得のできるやり方だったということです。そしてそれは彼の文学に対する態度をあますところなく物語っていますし、彼がこれまで書いてきてものすべてにあてはまることなのです。

わたしはいま休暇で来ているこの避暑地で、とても興味深い本を読んでいます。本のタイトルは『ジャクソンの時代』、著者はアーサー・M・シュレジンガーJr.、アンドリュー・ジャクソンが合衆国大統領だった時代（一八二九～三七）についての論文で、これにはジャクソンの後の政権を担当したマーティン・ヴァン・ビューレン大統領の在職期間についても言及しています。

十九世紀初頭の二十五年間に起こった出来事についての記述を読むと、それがこの国の民主主義の運命を決定しただけでなく、政治形態として世界中の民主主義の理念を再検討する上でも重要であることがよくわかります。この時期は新しい時代精神が動き始めた時代だったのです。このころ、経済力と普通選挙に反対する参政権をにぎっていたいわば貴族階級と、少なくとも理論的には経済力は大衆にあると主張する両陣営の間で熾烈な論争がありました。この時代はアメリカの歴史のなかでも最も重要な時期にあたります。

パウンドはこの資料をかなり早い時期に発見し、この時代についての独自な見解を述べています。しかし、彼はどのようにみていたのか？　その意味も、その時期の政治的重要性も、それがもつ可能性についても、彼はまったくわかっていません。古典的な態度をとったのです。あちこちに理解を示しながら、当時の人たちのほんの数人についてだけメジャーを使い、彼らの力量を計り、その資質について独断的に語ってきました。そしてこの問題については、偉大な指導者は自分なのだと考えているのです。パウンドの後期の「キャントーズ（詩篇）」は、このやり方で書かれています。

シュレジンガーの本の半ばあたりに、とりわけわたしにとって興味深い二つの章——二十四章「知的運動としてのジャクソンの民主主義」と二十九章「ジャクソンの民主主義と文学」——がありました。

ようやく核心に近づいてきたようです。つまり、過去の偉大さを継承する文学の源は、ひとつだけではないということです。過去それ自体から、単性生殖的に精神から精神へと発展するのではなく、現在から、現実の罵声をあびせ合うバーレスク・ショーさながらの政治的ぶつかり合いから生まれる文学の源もあるのです。これはけっして文学に対するアカデミックなアプローチではありません。精神から精神へと古典的な考え方を生み出す文学観とはまったく相容れないものです。アカデミックなアプローチは、過去の形態を使い、あるいは過去の事例から現在を類推する方法で、わたしたちについて語ることはできます。一方、素手で「今」にアプローチするやり方は、わたしたちの今の生き方そのものを伝えるものとなります。そして新しい詩の形態を発明すれば、それは偉大な表現へと成りうるのです。

ここで誤解のないようはっきりさせておきたいことは、わたしが問題にしているのは政治のことではなく、芸術についてのことです。私たちを取り囲んでいるさまざまな苦悩を解き明かしてくれる芸術の「形態」、フォームのことです。その形態は、詩人という存在なしに創造されることはありません。

実際いまわたしがオーストラリア人のあなたに語ろうとしているのは、わたし自身の創作態度に他なりません。どのくらいわたしの作品が、エズラ・パウンド（わたしはパウンドが大好きですし、とても尊敬していますが）のような作家のものとかけ離れているのか、それをお話ししましょう。

過去の形態というものは、それがいかに洗練されたものであれ、その時代の政治的・社会的・経済的特徴を必然的に担ってしまうものなのです。こういった過去の形態から離れようとしない芸術家は、心のどこかで政治的・社会的・経済的な独裁を求めているのです。彼らは自分たちが偉大な精神の直系であるという視点からものごとを考えるようになり、民衆の偉大な運動から生まれる特質や時代精神には見向きもしない、あるいはそういった運動を、過去の類推によって民衆の堕落と考えてしまうのです。

わたしが求めているのは、現在さまざまな芸術において見られる混乱した状況を、直に伝える表現なのです。けして古典の形態を使って「いま」という時代について語るのではなく、混乱それ自体からの創造、あるいは発明された形態によって「いま」という時代そのものを表現することなのです。それは混乱ではなく静寂かもしれません。いずれにせよ、社会それ自体がもがきながら生み出す形態から、直に創造された形態によって作品が生みだされる限り、混乱でも静寂でもかまわないのです。このことは芸術の領域をこえて素材を探し求めることにはなりません。これまで偉大な時代が生み出してきた様式のなかに、芸術そのものの生命があるのです。

先にも述べたように、友人たちが海外に出かけたとき、わたしはここに留まり、芸術家にとってもっとも偉大で困難な仕事をしようと、現実の混沌のなかで戦ったのです。つまり政治的・経済的にみれば幻影である社会で、新しい芸術の世界をこの手で摑みたいという思いにかられて作品を書いてきました。わたしが求めているのは新しい形態なのです。

古代バビロニアにおける創造の秩序によれば、創造のまえには破壊があります。そしてこれは今日でも変わっていません。軽蔑すべき専制君主の権力に癒着した形態から自由になるためには、わたしたちがまず破壊的な存在になる必要があります。古い形態のどこに過去が潜んでいるのかをつきとめ、それを引き裂くのです。誤解しないでください。わたしが言っているのは形態のことです。まず見ることです。それから、ある時代にもてはやされるリズムがどうして生まれたのかを考えるのです。政治的にそこへ戻ることはできません。ではどうすればよいのでしょうか?

わたしたち詩人が戦うべき場所は詩行なのです。問題の核心は詩行にあるのです——新しい詩行を創造しなくてはなりません。ホイットマンはこの問題が未解決のままであることをわかっていました——オーストラリア人であれ、アメリカ人であれ、わたしたちの時代の偉大な詩人が発見すべきものは、何か新しい秩序にかなった新しい詩行に他なりません。

それが可能になったとき、わたしたちは社会が崩壊してゆく理由やその再建の方法を知ることになるでしょう。破壊と創造は同時進行なのです。このことはだれにでもすぐにわかるとは考えていませんが、可能性はあると思います。芸術家が苦心するのは、その発見が新しい形態を必要とするからなのです。新しい形態が発見できれば、たぶんアカデミックの世界で認められることになるでしょう、もしそれがお望みならの話ですが……。

新しいものが生まれる源は社会だということを、肝に銘じておかなければなりません。それぞれの社会は、すべての生命を生み出すだけでなく、それを分け隔てなく豊かなものにしてくれるのです。芸術において忘れてはいけないことは、新しく創造されるべきものとは、芸術の「形態」であり、それを創造するのがわたしたち詩人の務めなのです。エネルギーの大半を形態の創造に費やすべきなのです。それによってわたしたち芸術家は報われることになるのですから、政治家ではなく、芸術家であるべきです。政治はその役割を忘れてはいけないし、芸術家に使う言葉についてあれこれ指示したりすべきではありません。なぜなら政治家はけして芸術家ではありませんし、芸術家が語る言葉をあえて使おうとすれば、政治家としての目的を失うことになるでしょう。

詩の価値とはどのようにして決まるのか、それについてのわたしの拙い説明をまとめておきましょう。芸術家がどのような発明（発見）をしようと、それはその芸術家の造る形態にあらわれるのです。詩人について言えば、それは新しい詩型を意味します。この領域こそ詩人が切磋琢磨すべきものなのです。それは今も昔も変わりありません。芸術家の想像力だけでなく、形態それ自体も、その芸術家（養われるべき運命にあるとすれば）が構成員となっている社会――芸術家に生を与えた受胎能力にあふれた男女――から生まれるのです。詩人が生きている時代の政治的・社会的・経済的な混乱のなかから、詩人としての生き方もその形態も生まれるのだと言ってよいでしょう。もし創造性を失いたくなければ詩人は、自らその一部である社会が育てた新しい価値に見合った形に、詩の形態を変えなければならないのです。

ですから、次のような不毛なスローガンの意味を逆転しなくてはいけません。「偉大な詩人を生むためには、偉大な聴衆も必要である」というのは、ずっと前から間違って理解されていました。(過去の詩人であれ、これから現れる詩人であれ) 偉大な詩人は、偉大な社会が生み出すのです。詩人があらゆる精神から生まれた肉であるように、その社会の政治的形態が詩人の肉なのです。

これまで集めてきた技の宝庫にたよって、しばらくは生きのびることはできるかもしれませんが、肉が補給されなければ、仮に生きていたとしても、その人の肉は失われてしまうでしょう。社会とのつながりをしっかりと保つことができれば、創造を続けてゆくことはできます。もし、たわいもない夢をみていて、女性的なものを与えてくれる社会との関係を絶ってしまえば、その人の生命の源泉は枯れてしまうのです——パウンドの場合がそうだったように、結局のところ、文学においては生殖不能な状態をもたらすのです。

すぐに悲惨な結果になるというわけではありません。わたしたちは堆肥の山から日々の糧を得て生きているのですが、その堆肥の山のひどい悪臭を嫌悪するあまり、現実から目をそむけ、しばしば学問的アプローチを選択してしまうのです。パウンドがそうであったように、こういった学問的アプローチは、過去の父親から父親へと受け継がれた素晴らしい形態へともどってゆくことになるのです。それは母親不在の伝統です。

こういった人びとに惑わされないようにしなくてはなりませんが、彼らをさらなる窮地に追い込まないよう気を付けなくてはなりません。創造の源泉と自ら縁を切ってしまったために、新しい糧のないまま過去と戯れ、現実からどんどん離れてゆき、自分たちにいま何が起こっているかを感じ取ることもできないのです。やがて疲れ果て、しまいには精神分裂病をひきおこすことになるのです。しかし、パウンドの場合のように、こういった芸術家が造りだした作品を正しく理解し、彼らの研究が言語と詩学をどれだけ豊かなものにしてきたのかわかるようになればなるほど、わたしたちはもっと根本的な自分自身の問題をさらに深く探求することが可能になるでしょう。

過去においても同様ですが、偉大な創造は、現実の世界で湧き起こったり消えたりする「うねり」の形態とそれを体験する詩人の緊密な関係から生まれるのです。しかしそのような作品において、若い時代のパウンドのような詩人の助けがあれば、わたしたちは過去の偉大な社会の情報をさらに知ることができます。パウンドが過去を検証してきたのはわたしたちを啓蒙するためです。わたしたちはパウンドを取りもどさなくてはいけません。彼の主要作品を検証し、その詩的才能をわたしたちの作品に活かすのです。彼の「詩篇」は、これから生まれるわたしたちの作品にとって、欠くことの出来ないものなのです。その才能ゆえ、パウンドは追放されたのですから。

これまでお話したことは、まるでダニエル・ウェブスターそのもののように聞こえるかもしれません。ウェブスターはわたしにとっての精神的慰めなのですが、これは詩人としてのわたしの立場なのです。

（*Briacliff Quarterly* III, II (Oct. 1946) 205-208）

詩人論・作品論

事物の世界のなかのウィリアムズ

アレン・ギンズバーグ
遠藤朋之訳

正確さ。ウィリアムズの正確さ。「精神を事物につなぎ止めておくのだ」という言葉はウィリアムズのものです。「事物を離れて観念はない」もそう。この言葉は、「詩には一般的な観念などない」という意味なのです。事物についてのいかなる抽象的な観念をも提示してはダメ。観念を与えてくれる事物自体を提示するのみです。ウィリアムズが言わんとしていることを理解しようとすると、わたしたちは、今までとは違った詩論を提示することになるのです。たとえば、「ダンス・リュス("Danse Russe")」からのこの三行。

そして太陽は、
シルクのような霧のなかの　白い炎の円盤だ、
輝く木々の上で――

ここには、なにもわからないものはありません。ウィリアムズは目に見えるものを語っているだけです。一般的な「太陽」を書いて、読者を混乱させようとしている訳ではないのです。ウィリアムズはここで、ある日のある状況下での太陽に読者の目を向けさせます。だから読者は自分の眼でその太陽を見ることになるのです。ウィリアムズが言わんとしているのは、「自分の目の前に見える事物のディテールを書き留めなさい」ということ。もしそこからはじめることができなければ、観念など、なんの役に立つというのでしょう。感覚が与えるものからはじめるのです。それができないのであれば、天文学でもやればいい。でも、天文学にだって、なんらかの観察に基盤があるのです。

死につつある人を例にとってみましょう。死につつある人が眼の前に見えなければ、その人に対する自分の行動でなにがいけないのか、わからないでしょう。こういった態度に現れる変化は、観念の変化ではありません。自分がどのように動くべきなのかを考える立場の変化なのです。このように、ウィリアムズの言葉は、一度理解してしまえば、あるシステム、それ自体で充足したシステムに対しての観点を与えてくれる立場、もしくは、ほかのシステムと一緒に使うことが可能な、積み上げるべき基礎的なブロックになります。しかし、あの言葉、「観念ではなく事物で」という言葉がそれ自体で理解されない限り、なにかをはじめるべき共通の場を持ったことにはなりません。上に引いた詩の行において、なにが共通の場なのでしょうか？　太陽、つまりメイプルの木の上に落ちかかるオレンジ色の球があります。別の言い方をすれば、われわれの眼に映るがままの太陽があるのです。いかに芸術的にわれわれの見るものを叙述できるでしょう？　みんなが同じ場所にいる、ということこそが共通の場であり、だからこそ、だれもがなんらかの観点を与えてくれる場所として、その共通の場を使うことができるのです。このことは虚構的《フィクショナル》かもしれませんが、それこそが共通の場なのです。この物質世界でわれわれが共通の場を持たなければ、われわれはなにを持っているのでしょう？　だれでもわかる共通の場の例を挙げてみましょう。「みんな息をしている」という例です。ここから仏教が始まります。この「みんな息をしている」というところから、あらゆることが始まるのです。だれでも自分の身を置くことができる場所から始まるのです。つまり、外気を吸ったり吐いたりする鼻先、ということ。鼻先から始まるのです。それこそがあらゆる人間が存在し、存在できる現実であり、われわれは、われわれが存在している場所から始めなければならないのです。

ウィリアムズはなぜこんなことをやったのでしょう？　二十世紀になって、現実がこんなにも複雑になってきたからこそ、そして、詩という芸術は妙なものだ、ということになってしまって、詩というジャンルが、それこそ仰天してしまったからなのです。ウィリアムズは、詩とは何か、ということすら知らなかったのです！　何がなんだかわからなかったのです！　でも、ウィリアムズは、自分の鼻がどこにあるか、そしてそこから始められること、それを知っていたのです。ウィリアムズはあらゆる観念を捨てました。「抽象」を捨てた、ということです。そして事物から始めたのです。そうすると、どんな人でも物事をあらゆる異なった角度から見ます。つまり、「言葉自体は、事物そのものではない」ということ。コトバ、つまり、この「コトバ」という言葉が、それ自体概念であり、すでに抽象的なことなのです。つまり、「観念」なのです。そう、この世の中自体が、虚構《フィクショナル》なのです。「言葉それ自体が観念なのだ！」この言い方自体、ちょっとした二重性を持っていますが。しかし、誰でもある同じ場所へ降り立ち、そこからはじめることができるのです。誰もが降り立つことのできる、ある場所。そんな場所が、ひとつ存在するのです。

　ある問いを立ててみましょう。「わたしたちはどこからはじめるのか？」答えは、「目の前に見えるものからはじめよう」となります。ウィリアムズは、あらゆる人が詩において一緒にはじめられる場を求めていたのです。あらゆるものが新しかったのですから。新たに発見され、新たにヨーロッパの概念に侵略され、それによって全体が塗り込められた、新しい大陸。ウィリアムズはそれを一度白紙に戻し、最初からはじめようとしたのです。だからウィリアムズは、『アメリカ人気質』(*In the American Grain*) という作品を書いて、アメリカの歴史へと手を伸ばし、わたしたちがどんな新天地へとやってきたのか、それを確かめようとしたのです。「自然の事物は、いつだって適切なシンボルなのだ。」［エズラ・］パウンドはウィリアムズと同じこと、「抽象にかかずりあうことはない」ということを、このように言いました。別な言い方をすれば、事物を離れて観念はない、ということは、「たとえば」を離れて詩はない、ということなのです。ウィリアムズはよく言っていました。感情《フィーリング》を書いたっていいけど、それを、観察された事物として提示しなくてはダメだ、そして方向を見失ってはダメだ、と。これは瞑想のプロセスと非常に似ています。呼吸に注意を向け、白昼夢へとさまよい込む。するとその白昼夢へとさまよい込んでいく精神のこと、呼吸のことすら考えなくなる。そうすることによって、あなたは自分がどのような考えを持ったのか述べることができるのですが、白昼夢から帰ってきたあなたは、もはやその白昼夢に捕われてもいないし、そこに没入しているわけでもない。見通《パースペクティヴ》しを失ってはいけないのです。いつだって、戻ってこられるホームベースがあるのですから。他の人たちが見られる事物をわたしたちの眼差しで満たそう、そしてそれを他の人たちの眼差しで満たそう。ウィリアムズはこう言っているのです。そうすればわたしたちはわたしたちの意識を、他の人たちの意識に照らし合わせることによって確認し、わたしたちがどこにいるかを知ることができるのです。ちょうど、星の位置を知るように。

短い詩を二つ見てみましょう。

おやすみ（"Goodnight"）

煌々と灯るガスライトの光の中
わたしはキッチンで水道の蛇口をひねり
きれいな白いシンクへと
水が流れていくのを見守る。
かたわらの溝のついた水切り台には
パセリがいっぱい刺さったグラスがある――
新鮮な緑。
　待っている
きれいな水が流れ出てくるのを――
そのあいだ　わたしはシミひとつない床を見つめる
――
ゴムのサンダルが
壁際のテーブルの下に
並んでいる
あらゆるものが夜を迎えるよう　整えられている。
グラスを手にして待っていると
――深紅色《クリムゾン》のサテンを身にまとった少女三人が
わたしのすぐ前を通り過ぎる
背景には　なにか歌っているらしい
ステージいっぱいの合唱隊――
　記憶が
道化役をしているのだ――
はっきりとは見えない　意味のない三人の少女
香りを振りまき
衣装と衣装が擦れる音が聞こえる　そして
カーペットに置かれたスリッパ――
高校生のフランス語
それも声高な！

グラスのパセリは
佇み　輝いて
わたしを連れ戻してくれる。
わたしは水を飲み干し

甘美にあくびをする。
さぁ、寝よう。

ウィリアムズは詩のプロセス全体でわたしたちを連れ出してくれるのです。わたしにとっては、この日常性がおもしろい。詩自体が事物をはっきりと見ているので、意味が明解になるのです。焦点がブレず、輝いている。水を飲むグラスが一瞬にして象徴的な事物になります。グラスはグラス自体の象徴となり、このグラスという事物へ投げかけられたウィリアムズの視線の象徴となるのです。グラスはグラス自体の象徴なのです。

ウィリアムズははっきりとそのグラスを見ているので、そのグラスの何が輝いているのか、「グラス」という単語一つで書き表わされるこの事物において何が特別なのか、しっかりとわかっているのです。つまり、ウィリアムズは事物を連想とは切り離したところで見ているのです。これこそが幻視《ヴィジョナリー》の瞬間に特徴的なことなのです。超自然のヴィジョンを考えなくなったときにこそ、そのヴィジョンは現れるのです。自分の眼の前にあるものを見ているときに。眼の前の事物に別な観念を重ねるのでもなく、すでに眼の前にあるイメージにまた別なイメージを重ねるのでもないのです。

「木曜日（"Thursday"）」という詩を読むと、ウィリアムズが仏教徒だということがはっきりわかります。

ぼくは夢を見てきた——みんなと同じように——
そして夢は夢のまま、だから
いまは無頓着に
大地に両足をしっかりすえて
空を見上げる——
ぼくは感じる、着ている服を
靴のなかの体重を
帽子の縁を、ぼくの鼻先を出入りする
空気を——だからもう夢は終わりだ。

この詩を発見したとき、これは論理的に語られた仏教だ、と思いました。つまり、わたしたち仏教徒が実践していることと実際に日常行われる行為とが交差し、そこに共通の場が生まれているからです。ウィリアムズはみんなが一生懸命になっている場と同じところへ、いち早く、そしてたったひとりでたどり着いたのです。この詩を読むことによってわたしは、ウィリアムズが知覚の聖人のような存在である、という漠然とした感覚を、確固たるものとしたのです。

これは単にはじまりでしかありません。これからわたしたちは、ウィリアムズの基本的な原理を理解し、それをわたしたちに沿うような形で延長していかなくてはならないのです。そう、あなたたちがもし、自分で描き出そうとする個々の事物に対して意識を高く持つのならば、自分たちの世代に対してだって、高い意識を持つことになるのですから。事実《ファクツ》を離れて観念はないのです！

訳者付記

本稿の初出は、一九八三年、ナショナル・ポエトリー・ファウンデイション出版の『ウィリアム・カーロス・ウィリアムズ：人と詩人（*William Carlos Williams: Man and Poet*）』である。この本の編者であるキャロル・F・テレルの注記によると、これはギンズバーグが一九七六年十一月十六日と二十五日に行った二十世紀アメリカ詩の講義を録音したもののテープ起こしだという。編集の段階で、ほんの少々の変更がされ、掲載された。この本に掲載されたものが、さらに少々の推敲を加えられて、『用意周到なエッセイ　散文選1952-1995（*Deliberate Essays Selected Prose 1952-1995*）』に収められており、本訳ではこちらを底本とした。このエッセイは十六日分と二十五日分の二部構成になっているが、本訳では第一部、つまり十六日の分だけを訳出した。また、タイトルであるが、ギンズバーグの話全体をカバーするようなものを、テレルが考えて付けた、ということである。

ウィリアム・カーロス・ウィリアムズ：ユキノシタ草（抄）――ジェイムズ・ロックリンに

オクタヴィオ・パス
遠藤朋之訳

今世紀（二十世紀）前半の三分の一ほどの時期に、英語文学において、詩、散文、統語法《シンタックス》、感受性、想像力《イマジネーション》、韻律法《プロソディ》、そういったものに影響を与えるような変化が起った。その変化は、ヨーロッパの英語圏以外の地域やラテンアメリカで同じ頃に起った変化と類似しており、もともとはほんの一握りの、それもほとんどがアメリカの詩人たちの作品によってもたらされた。その創始者たちのグループにおいて、ウィリアム・カーロス・ウィリアムズは、中心でありながらもユニークな位置を占めている。［エズラ・］パウンドや［T・S・］エリオットとは異なり、ウィリアムズは自分から根無し草になってパリやロンドンへ行くよりも、ニューヨーク近郊の町の人となることを選んだ。ウィリアムズと同じようにアメリカに残ることを選びながらもコズモポリタンであったe・e・カミングスやウォーレス・スティーヴンズとも違って、ウィリアムズははじめから詩的アメリカ主義を探究したのだった。『アメリカ人気質』（一九二五年）という美しいエッセイ集でウィリアムズが語っているように、アメリカとは無条件に与えられた現実ではなく、わたしたちが、自分たちの手、目、脳、そして口でもってつくり出していくものなのだ。アメリカ的現実とは、物質的《マテリアル》で精神的《メンタル》、視覚的《ヴィジュアル》で、とりわけ音声的《ヴァーバル》なものだ。スペイン語、英語、ポルトガル語、フランス語、何語を話そうとも、アメリカの人間は元々の旧大陸で話されていた言葉とは異なった言葉を話す。わたしたちが発見したりつくり上げたりする現実以上に、わたしたちが話す現実こそがアメリカという事実なのだ［訳註：この場合の「アメリカ」とは「合衆国」だけでなく、北米、中米、南米の地域も指す］。（中略）

書くことをはじめたときから、ウィリアムズは観念への不信を明言してきた。このことは、当時詩人の大多数が共有していたサンボリストの美学に対する拒否感と、とくにウィリアムズの場合、アメリカの実用主義《プラグマティズム》と開業医というウィリアムズの職業がからみ合って生まれたものである。ある有名な詩において、ウィリアムズは自らの探究を「構築せよ（思想は物そのものにしかない）」〔「歌のようなもの」高島誠訳〕と定義している。しかし、事物はいつでも向う側、反対岸にあるものだ――「事物そのもの」には、触れることができないのである。つまり、ウィリアムズの出発点は、事物をじかに触れることによって得られる感動や驚き、すなわちセンセーションにあるのだ。しかし、センセーションは不定形で即時的なものなので、純粋にその感覚だけでなにかを作り上げたり、組み上げたりすることはできない。センセーションは両生類的である。わたしたちを事物とつなげてくれると同時に、わたしたちを事物と分かつからだ。このセンセーションとは、わたしたちが事物へ入るドアであり、同時に、事物から抜け出すドアでもある。そこでわたしたちは、自分たちが事物そのものではないことを認識するのだ。センセーションが事物のもの性を得るためには、そのセンセーション自体が事物へと変化しなければならない。その変化の媒介こそが言葉である。センセーションは音声的な事物に変化する。一篇の詩とは、ふたつの矛盾した要素――センセーションの新鮮さと事物のもの性――がひとつに解け合う音声的なオブジェなのである。

センセーションはある力のはたらきによって音声的なオブジェへと変容する。その変容をもたらす力とは、ウィリアムズにとって、電気や蒸気、ガスなどと本質的に異なるものではない。イマジネーションという力だ。のちに「脱臼した散文」（一九二三年）というタイトルで『春のいろいろ』に収められた文章において、ウィリアムズは言っている、イマジネーションは事物を作るクリエイティヴな力だ、と。詩とはセンセーションや事物をそのまま映し出した分身《ダブル》ではない。イマジネーションはなにかを表すのではない。産み出すのだ。それが産み出すものは、かつて存在したことのなかった詩、事物である。詩的イマジネーションは、自然が松の木や雲、ワニを産み出すように、詩、絵画、そして大聖堂を産み出すのだ。ウィリアムズは伝統的な美学の喉元を締めつける――芸術は自然を模倣するのではない。その創造のプロセスを模倣するのだ。芸術は産み出されたものをコピーするのではなく、その生み出す様式《モード》をコピーするのだ。「芸術は自然を映し出す鏡ではない。想像力が自然の作り上げたものと競い合うのだ。詩人はそこでひとつの自然となり、自然のように機能する」。（中略）イマジネーションは、電気と同じように、エネルギーの一形態であり、詩人はその媒介者である。（中略）

ウィリアムズにとって、ホアン・グリスの例が支えとなり、勇気づけてくれる存在だったことは、重要である。ウィリアムズにとっては、現実の事物から想像力の事物を切り離す存在こそがアーティストだ。キュービストたちにとっての現実とは、テーブルやカップ、笛、そして新聞などではない。それらは身の回りの現実とは別な現実であり、それと同じようにリアルなものなのだ。このもう一つの現実は、実在する事物の現実を否定することはない。この二つの現実は、別な事物であり、同時に同じ事物でもあるからだ。「ホアン・グリスの絵の山と海は、山と海ではない。山と海の絵なのだ」とウィリアムズは言っている。詩における事物は事物そのものではない。それは、知的記号から事物へ／事物から知的記号へと交換可能なものである。（中略）

意味は絶えず詩の質を低下させようとする。意味は詩の現実を、意味という事物や、観念、定義、もしくは「メッセージ」に対する特異な事物へと還元しようとする。詩が意味によって破壊されないように、詩人は言語のオブジェ的側面を強調するのだ。詩においては、それが耳から入ってくるものであっても、目から入ってくるものであっても、その記号のもの的な領域は、意味的な領域よりも重要なのである。あるいはこう言ってもいい。意味は音へと還元され、音の提示に奉仕することになるのだ。（中略）言葉は事物であり同時に意味でもある、という言語の両生類的な性質を解決するためにウィリアムズが取った方法は、際立っていた。ウィリアムズは歴史が歴史として背後に控えているヨーロッパ人ではなかった。歴史とは、その一歩先を行き、これから作られるものであったのだ。ウィリアムズは、散文の道徳性によって詩を書き直したり、歌によって諦念を勧めるような代物へとユーモアを変えてしまうようなことはしなかった。その逆である。散文とは詩が育つ大地であり、ユーモアとはイマジネーションに拍車をかける存在なのである。ウィリアムズは詩的種をまく人だ。アメリカの言語は、詩的イマジネーションという水が通い、その太陽に照らされることによってのみ結実する、大地に埋もれた種なのだ。
意味と事物の間の部分的な和解、常に部分的で一回性の和解が、ウィリアムズの詩にはある。ウィリアムズにおいては、意味は事物を産み出す活力となる。意味のつくり出すものが事物を産み出す助産師となる。ウィリアムズの芸術は「メタファーによって人々と石を和解」させようとする［「歌のようなもの」から］。アメリカの人間とその風景を。もの言わぬ事物で語ることによって。詩とはメタファーだ。そこでは事物が語りはじめ、言葉が手に触れることのできる事物になろうとして、観念であることをやめる。目と耳だ。耳に捕らえられる事物、そして描かれた言葉。（中略）イマジネーションは目を持っているだけではない。耳をも持っているのだ。そして耳を持っているだけでもない。口で話すこともする。ウィリアムズは、アメリカ語の探究において、基本的な韻律《メジャー》を、可変脚を見つける／聴く［ウィリアムズが『パターソン』で使った可変三段脚（variable foot）のこと。可変とはいっても、各行頭が五スペース位ずつ下がっていく三行一連を基本とする。「脚」は「韻律」や「リズム」と言い換えても良いだろう］。ウィリアムズは言う、「わたしたちは何も知らない、ダンス以外には。その脚こそが、わたしたちの知っているものすべてだ」。詩における事物は音声的な事物であり、リズミカルなものだ。そのリズムは人々が話す言葉が変容したものだ。『パターソン』に至るとウィリアムズは、事物とセンセーションから歴史の世界へと、言語という手段によって飛翔してみせる。

『パターソン』は、言語によって歴史世界へと飛翔した結果の作品である。ウィリアムズは、詩における事物から、事物のシステムとしての詩へと移行する。これは、単一性でありながら複数性を持つシステムである。つまり、ひとりの男性であるかのような単一性の都市であり、花であるたくさんの女性のように複数性を持つのだ［『パターソン』「第一巻」の冒頭を参照］。『パターソン』は、合衆国東部の工業都市とひとりの男の伝記である。都市と男性は、山あいの岩棚から耳を劈くような音を立てて落ちる滝のイメージのなかに溶け合っている。パターソンという都市は、その山［ギャレット・マウンテン］のふもとに作られた街だ。その滝が言語そのものであり、人々は自らが語っていることの意味を知らず、いつもその意味を探してさまよっている。滝と山、男と女、詩人と人々、前工業時代と工業時代、秩序などない滝の轟音と韻律《メジャー》や意味の探求。『パターソン』という作品は、アメリカのモダニズム詩が発明した詩的ジャンルに属する。つまり、『アエネイアス』と政治経済論、『神曲』とジャーナリズムといったものの間を行ったりきたりするのだ。

（中略）

ウィリアムズの詩は複雑かつ不安定だ。すばらしく凝集度の高い、魔術的で現実的な断片はあるにせよ、長くてつながりのない部分もある。『荒地』と『詩篇』を目の前にして、ときにはそのふたつに逆らって書かれたこの作品は、上の二作品とのかかわりで評されると、そのものがうまく見えてこない。このことは、『パターソン』の持つ根本的な限界だ。『パターソン』をどう読むかは、上記の二つの作品をどう読むかと関わっているからだ。つまるところ、読者は『パターソン』と『荒地』、『詩篇』を比較するしかできない。パウンドとエリオットがもっていた、現代世界についての考えは陰鬱なものだった。ふたりのペシミズムは封建的なノスタルジアや前資本主義的概念に由来するために、その陰鬱さはもともと備わっていたのだった。だからふたりが行った貨幣と現代性に対する正当な批判は、当然保守的なものになったし、パウンドの場合は、ファシスト的態度になったのだ。ウィリアムズの考えもオプティミスティックなものではなかった（なれるはずもない）が、ほかの時代を追想することはしなかった。これは有利なことであるが、実際はそうではない。ウィリアムズには哲学的、宗教的システム、言い換えると、考えや信念を首尾一貫して収集することができなかったのだ。自分にとっての先行詩人（ホイットマン）が与えてくれたものは再び利用できるものではなかった。ウィリアムズの構想の中心には、短詩の場合は別としても、何らかの空白がある。その空白こそ、現代アメリカ文化の抱える空白そのものなのだ。『荒地』のキリスト教は真実だ。しかしそれは焼き尽くされ、灰になり、わたしの考えでは、もう決して二度とその葉を広げることのない真実だ。とはいえ『荒地』は、消滅した星の光がまだ地球に届くように、わたしたちに訴えてくる中心的真実だ。『パターソン』にはそのようなものは存在しない。『詩篇』との比較でも、ウィリアムズにとっては分が悪い。合衆国は帝国的権力であり、パウンドがウィリアムズにとってのヴェルギリウスになり得なかったとしても「『神曲』におけるダンテにとっての先達としての『アエネイアス』の作者ヴェルギリウス」、少なくともミルトンではあるだろう。ミルトンのテーマは、偉大な力の凋落であったのだから。合衆国は世界を手に入れたが、その魂、未来を失ってしまった。ホイットマンが信じていた全人類的《ユニヴァーサル》未来を。おそらくウィリアムズは、自分のもっていた誠実さ、倫理性のために、自分の国の帝国的、悪魔的側面を見なかったのだろう。

『パターソン』には『荒地』の統一感や宗教的正統性——エリオットはそれに対してネガティヴに考えていたかもしれないが——がない。また『詩篇』は、『パターソン』とは比較にならないほど広がりをもった豊かな詩であり、この恐ろしい時代に屹立することのできる、数少ないテキストである。だからといって、ウィリアムズがダメな詩人であるのか？　詩人のすばらしさは限界ではなく、その詩人の達成した凝集度と完璧性によってわかるものである。また、その詩人の元気さによって。ウィリアムズは、アメリカ現代詩人において、もっとも「元気」だった詩人である。イーヴァー・ウィンターズが語ったことは正しかった、「（中略）二十世紀の終わりには、ウォーレス・スティーヴンズとともにウィリアムズが、その世代の最良の二人の詩人として認められているのを眼にするだろう」。この預言は、ウィンターズが予期していたよりも早くに実現した。ウィンターズが考えていた「新世界」の詩に関してであるが、ウィリアムズはその世代においてもっともアメリカ的な詩人であったのか？　わたしはわからないし、そんなことを気にしてもいない。とにかく、わたしが知っているのは、ウィリアムズがもっともフレッシュで透明感にあふれている、ということだ。水が流れるようにフレッシュで、その水をガラスのコップに入れ、ナンタケットの真っ白な部屋の木肌も新たなテーブルの上に置いたときのように透明なのだ［「ナンタケット」参照］。スティーヴンズはかつて、ウィリアムズを「現代詩のディオゲネス［アレクサンダー大王との問答で有名な、ギリシャのキクニ派の哲学者。奇行で有名］みたいな詩人」と呼んだ。ウィリアムズのランタンは白昼でも燃えていて、自分自身の光の中での小さな太陽なのだ。太陽の分身《ダブル》であり、その反射でもある。そのランタンは自然光を受けられない場所であっても、光を投げかける。

こうして今、この文章を書き、わたしが実際にウィリアムズと会ったときの会話を思い出している間も、わたしは心の中で眼前にはないアスフォデルの花を摘んで、その香りを嗅いでみる。「嗅いだことのない香りだ」、詩人は言う、「モラルの香りだ」。この香りは「イマジネーション以外には」嗅ぐことのできない香りなのだ（「アスフォデル、あの緑の花よ」から）。イマジネーションに対して以外は何にも語らない言葉。これこそが、詩の最高の定義ではないだろうか。別な詩では、ウィリアムズはこうも語っている。「ユキノシタ草は、岩をも割り裂くわたしの花だ」（「歌のようなもの」から）。現実に働きかけるイマジネーションの花。人間と事物を一瞬にして橋渡しする花。こうして詩人はこの世界を人間が住むことのできる世界へと変えていくのだ。

(*On Poets and Others*, Arcade Publishing, 1986.)

赤い手押車をめぐって

金関寿夫

so much depends
upon

a red wheel
barrow

glazed with rain
water

beside the white
chickens

この詩は、詩人が友人だったマーシャルという黒人漁夫の家の裏庭で、たまたま目にした光景を、そのまま詩にしたものだといわれている。日本の歌論や俳論でいう、あの「眼前体」の詩だと思えばよい。いまさっき雨があがったばかりの裏庭に放り出してある赤い手押車、その上に雨滴がまだ光っていて、そばには白いにわとりの群《むれ》――実に素朴で、何気ない光景である。詩人はそれを読者の眼前に突きつけて、このささやかな光景を見よ、といっているのだ。この詩人の代表作である。

ところが数年前に、この詩は、貧しい黒人漁師一家の生活が、この手押車一台の上にかかっている、ということをいっていると解釈する日本人の一評者の意見を読んで、大いに驚いたことがある。この人は、"so much depends / upon..." の "so much" の内容を、精神的にとらずに社会的な意味にとったのである。どうやらウィリアム・カーロス・ウィリアムズをポピュリストにするつもりらしい。なるほどこの詩人には、一種心情的ポピュリストの面があった。だがこの詩をそんなふうに読んでしまえば、折角の作品の味わいは完全に霧散してしまう。

アメリカでも、六〇年代以後には、ウィリアムズを神様のように持ち上げる傾向が出てきた。しかし初めの頃はそうでもなかったのである。とくに "The Red Wheelbarrow" のようなタイプの作品が、一般に理解されるまでには、かなり時間がかかった。例えば二〇年代の初め、Marion Strobel は、ウィリアムズのこの詩を評して、「小綺麗で無害な叙述以上のなにものでもない」(*Poetry*, Nov. 1923) といっている。もともと保守的なイギリスでは、事情はもっと悪い。Charles Tomlinson によると、六〇年代の初めになっても、「ウィリアムズの詩の、ほんの数篇さえ、イギリスの書店で見つけるのはむずかしかった」という。しかも同じ年代の終り頃(六七年)でも、"The Red Wheelbarrow" に代表されるウィリアムズの短詩を、"*faux naïf*" (見せかけの素朴) だとしてけなしたイギリスの評者 (Philip Toynbee) がいるから驚いてしまう。第一 faux naïf という評言自体、ひどく的が外れている。詩人はこの詩を、なにも naïf に見せかけようなどとは、決してしていないからである。むしろ初めから、sophistication の極致をねらったのである。「古池や蛙飛びこむ水のをと」をつかまえて、*faux naïf* だなどという日本人が一体どこにいるだろう?

"The Red Wheelbarrow" を正当に理解して、この詩を愛する人は、無論今では無数にいるはずだから、別に心配はいらない。私はこの句（とうっかり書いてしまった）——この詩のことを、さきほども触れた「眼前体」の詩だと思えば、とくに俳句で訓練されている私たちには、この上なくすんなり理解されると思うのである。"so much depends / upon..."は、あるいはいわずもがなかもしれない導入部で、意味は勿論、"such a great degree of importance depends upon..."ということ。つまり以下のささやかな光景は実に大事だから、それに着目せよ、と詩人が読者にうながしているのである。つづいて赤い手押車と白いにわとりというイメージを呈出して、いわば実在の当体（本質）を暗示するというわけである。

この方法は、一九一〇年代の初めに擡頭したImagismの方法でもあった。そしてImagismに俳句の影響があったことを思えば、この方法が俳句のやり方に近いのは当然なのである。西洋の近代詩が長いこと「韻律で書かれた（しばしば教訓を含む）物語」だったのに反して、東洋の詩は即物的で、イメージのもつ情緒喚起力に頼るところが大きかった。ただ俳句には、用いられるイメージに、日本独特の文化的、風土的な約束事が付きまとっていて厄介だが、基本的な原理では俳句とImagismとは非常に近い。したがってImagism以来、アメリカの詩人や学者が、アメリカ詩人の書いた短詩を俳句と比較して、その類似性をいいたてるのもうなずけるのである。

ところが、かえって日本人のほうに、これに反撥したり、これを無視する傾向があるから面白い。おそらく俳句もImagismも、もう古いというのであろう。しかし反撥の正当な理由もあるのだ。それは、アメリカ人の書いた詩が、いかに短いイメージ詩であっても、俳句という特殊な詩形と特殊な世界をもつ詩とは、究極的には決して同じではない、という根拠に立っている。これはたしかに正論である。しかし俳句と同じものではないとしても、俳句に近い西洋の詩もありうるのである。ウィリアムズの"The Red Wheelbarrow"に西洋流の分析を加えて、これを印象派だとか、立体派だとかいうのもいいだろう。だがもしそれが正しいとしたら、これが俳句的だというのも、それと同じくらい正しいのである。

しいて西洋の批評用語を使ってみれば、ウィリアムズの問題の詩は、むしろMinimalistの詩の典型だといえる。ただの十六語のなかに、あれほど深くて重い現実感をもたせているからである。Bauhausにいた Mies van der Roheのモットー"Less is more."は、この詩のためにもあるのだ。しかしそういえば、芭蕉もこのことを——しかもファン・デル・ローエより、二百年も前に——知っていた。すなわち「言ひおほせて(いってしまって)なにかある」。

なるほどアメリカ人は、アメリカの短詩と俳句との類似性を、あるいは少しいいすぎるかもしれない。しかし私にいわせると、日本人は、それをいうことがむしろ少なすぎるのである。

もうだいぶ前のことだが、アメリカ詩人数人と、例によって"The Red Wheelbarrow"と俳句の類似性について話し合ったことがある。その時も、日本人は、こういうすばらしい詩形をもう何百年も前に開発していたのに、アメリカ人はやっと今世紀になってこれに気がついたなんて、全く呆れた話だという、前にもどこかで聞いたことがあるようなことを言った人がいた。それはともかく、みなの議論の焦点は、この詩の、俳句なら絶対に書かない最初の二行についてであった。すなわち、"so much depends / upon..."などという抽象的な表現は、果して本当にないほうがいいかどうか、という点である。結論はやはりあるほうがいいということになったが、その理由としては、この二行は、「これは大事だからよく見なさい」と、以下の光景に読者の視点をfocusさせる役割を果して効果的(つまり詩全体の緊張度を高める)だから、というのが一番優勢であった。私もこれに賛成したけれど、それは俳句ならば、五・七・五、十七文字というきっちりした枠組みがあって、これが大阪名物箱ずしのように、外側から句の中味をがっちり押さえ、緊張感を与えているが、英語自由詩ではそれができない。したがって問題の二行は、それにつづく情景に焦点を与え、五・七・五の枠組みに代る役目を果しているのだ、というのである。これを逆にいえば、俳句では、それがとくに眼前体の句ならば、それぞれの句の前に"so much depends / upon"が暗黙のうちに含み込まれている、と見ることができる。それを書くには、書く字数もないし、またその必要もないのだ。第一、「人も見よ、枯枝に鳥のとまりけり秋の暮」では、句にもサマにもならないのである。

ウィリアムズは、Poundについてのあるエッセイ（"Excerpts from a Critical Sketch"）のなかで、

Button up your overcoat
When the wind blows free
Take good care of yourself
You belong to me.

という当時はやっていたポップ・ソングの一節を引いて、「これはまさに生きた言葉……生きたのを掴えてきて、紙に書きとめ、節《ふし》をつけたものだ……パウンドも、これと同じことを、もっと高く深いレヴェルでやろうとしたのだ」といっている。

パウンドもそうだったかもしれないが、誰よりもまずウィリアムズ自身が、これをやったのである。「民族の俗語を純化する」というマラルメの有名な言葉があるが、ウィリアムズほど徹底してこれに殉じた詩人は他に考えられない。彼はいったことがある、「私たち自身の言葉こそが、アメリカの詩をアメリカの詩たらしめる第一要件なのだ」と。例えばこの手押車の詩には、この詩から三十~四十年前までは下品な田吾作語とさげすまされていたアメリカ口語の簡潔な言い回しが、それこそ「生きたまま掴えてきて、紙に書きとめ」られている。ただそれがまるで宝石のように光っているのは、この詩人の手練によって、コトバが詩的に高められたからに他ならない。まさしく俗語を純化したのである。

アメリカ Modernism 詩の特性は、表現の即物性にあった。ウィリアムズ自身の、"no ideas but in things" という言葉は、今更引用するのも恥しいぐらいよく知られている。「事物に観念を語らせる」——この原理こそが、長いこと観念の靄のなかをさまよっていた近代英詩に、例の Clive Bell のいった "significant form" を——そして *life* も与えたのである。

表現の即物性といい、徹底的な口語表現といい、そして、ここでは触れなかった新しいタイポグラフィーといい、"The Red Wheelbarrow" は、現代詩の、あらゆる革命的な特徴を含んでいる。パウンドと並んでウィリアムズこそ、アメリカ現代詩の「父」だったのである。

ところで Post-modernism の詩はもう一つ新しい革命だったといわれている。だが、果してそうだろうか？

つぎの詩は Robert Creeley の “Some Echoes” という詩である。

Some echoes,
little pieces,
falling, a dust,

sunlight, by
the window, in
the eyes. Your

hair as
you brush
it, the light

behind
the eyes,
what is left of it.

ここには明らかにウィリアムズの詩のこだまが響いている。だがこれが、どれだけウィリアムズより新しいといえるだろうか。現代詩の *revolution* は、Modernist たちによって完成されていたのだ。Post-modernism の詩は、それの単なる *evolution*、「赤い手押車」はその *revolution* の、まさに最初の一回転をしるしたのである。

（一九八三年九月）

（『アメリカ現代詩を読む』一九九七年思潮社刊）

『パターソン』

——書くこと、アメリカ、女性

沢崎順之助

パターソンは、一義的には、アメリカのニュージャージー州の北東端に位置する都市である。ニューヨーク市からそれほど遠くはない。西から流れてくるパセイイック川は、市の公園になっているギャレット・マウンテンという丘陵にぶつかって北に向きを変え、グレイト・フォールズという大滝となって落下し、半円形に市を取り囲むように巡ってから南進、やがてニューアーク湾に注ぐ。パセイイック川の大滝に水力発電の無限のエネルギー源を見たアレグザンダー・ハミルトンは、ここに近代工業都市を建設することを発案した（町の創設者として滝のそばにハミルトンの銅像が立っている）。期待通り市は、紡績業、鉄鋼業などを軸にしてめざましい発展を遂げた。その間洪水や数次の大火にも見舞われたが、その模様は詩編『パターソン』のなかで読むことができる。

ウィリアム・カーロス・ウィリアムズが『パターソン』に構想した夢は、本来、アメリカン・エピックを書くことにあった。具合よく、都市パターソンが、居所とするラザフォードの町から北五マイルほどのところにあって、アメリカの雛型ともいうべきものを提供してくれた。そこにはアメリカそのものの歴史の栄光と悲惨——都市の建設、インディアン虐殺、工業の発展、自然破壊、富の蓄積と偏在、独占と収奪——のすべてがあったからである。こうしてかれは、パターソンの地誌を詩編『パターソン』の生地に織りなしていく。実在の身近な都市を選んだことは、T・S・エリオットの『荒地』に対する敵対心も微妙に作用している。それがウィリアムズを『パターソン』執筆に駆り立てた動機の一つだと自他ともに言われるくらいで、現実のパターソン市は『荒地』で再三呼びかけられる「非現実の都市」のアンティテーゼでもあった。

現実の都市パターソンは、詩人の想像力による以上に——もちろんハミルトンの創設による以上に——土地パターソンが生みだしたもの、とウィリアムズは考える。「教会も工場もともども・・・地底から呼びだされた」（沢崎訳書『パターソン』一九九四年思潮社刊、一〇一ページ。

以下も同訳による)。まさにこれが土地を離れたエリオット、そしてエズラ・パウンドとの大きな対立点でもあった。パウンドが「わたし」に言う――「きみはやくたいもない土に関心があるらしいが、/ぼくは完成された作品を求めているんだ」(七〇ページ)。

そしてその土地パターソンが詩編『パターソン』に人格化、あるいは神格化されて巨人パターソンとして顕現する。都市対自然の構図で、ギャレット・マウンテンがかれの妻である女性巨人となる。パターソン市民すべても巨人パターソンに息を吹きこまれ、生かされている。土地を離れて生命はないのである。二巨人は第一巻「巨人の輪郭」の冒頭に登場してくるので、印象的に記憶されている人も多いだろう。とは言うものの、巨人パターソンは地の底にいてほとんど眠りつづけており、人格化されていると言ったわりには、理念は最後まで健在だが――たぶん作者ウィリアムズの意図にも反して、かつ読者の期待に反して――第二巻以降あまり活躍することなく終わる。

この詩の性格がモダニスティックであると見られる理由の一つは、ウィリアムズがこの詩編にさらにパターソンという人格を導入しているところにある。市民パターソンのひとりである詩人パターソンは、医者を業としており、その点作者のウィリアムズによく似ているが、かれは詩を書いており、書くにあたって、都市パターソン、その根元にある土地パターソン、あるいは巨人パターソン、そしてその象徴的顕現であるパセイイック川の大滝に霊感を求めている――そしてそれが得られないで苦しんでいる。それにしても大滝は、パターソン市のエネルギーの源泉として貢献してきており、パターソン市民すべてに生命を鼓吹し、生気を与え、いっぽうでパターソン氏に詩の息を吹き込むこと(インスピレーション)を期待されているわけだが――それは基本的には同一のものとウィリアムズは考えている――その詩人の詩作の過程そのもの――(アメリカの土地における)霊感の探求、態度と方法と新しい言葉の確認、それに対する懐疑や逡巡――が詩編に書きとどめられる。つまり『パターソン』でパターソンが詩を書いている詩をウィリアムズは書いている。詩編の二箇所に――もしそう読んで間違っていなければ――執筆時の日時らしいものまで混入している(二四四ページと二五二ページ)。

詩人パターソンは、詩を書くとともに、医師パターソンであり、当然市民生活者パターソンでもあり、パターソン氏の日常の生活と意見もまた『パターソン』に織り込まれる。意見は、公的なものでは、アメリカ社会の現況に対する批難や告発やメッセージがあるが、いっぽう生活は、私的で、片々たる些事にいたる。極私的ですらある個別的な記述が普遍的な意味を抱えこんでいると考えるのはウィリアムズの信念で、そのことは詩編「序詩」の冒頭で述べられている通りである。

こうして、パターソン氏の雑多な生活と意見ともども、氏が関わった――あるいはウィリアムズが関わったかもしれない――数多くの女性が詩編に登場する。第一巻の出だし近くで述べられる「女は数多く……男はただひとり」(一八ページ)の言葉の成就されるためである。第一、第二巻のクレス、第三巻の黒人の女、第四巻一節のフィリスがそれぞれの問題を抱えて大きな役を果たす。ほかに第四巻三節では老いたパターソン氏に青春の女たちの「記憶が／群がって舞いおりてくる」し(三三七ページ以下数ページ)、第五巻では女性の純潔性と娼婦性、本性と仮面が氏に取り憑いた想念となる。またその根底にすべてを統べる女性原理あるいは性原理があり、急ごしらえの神話レヴェルでは、巨人パターソンに対する巨人ギャレット・マウンテンの形を取る。

『パターソン』は以上のような構成を持っている。詩編そのものがまことに巨人的で、その大きさゆえに捉えがたい。思潮社から刊行した訳書で本文四一八ページ。それに巨人パターソンは七三、七四ページにわずかに姿を現したかどうかというくらいに韜晦をこととしており、それと同じくらいにこの詩編自体どこまでも謎めいていて、説明しがたい。さまざまなことが語られている。それが、全編つぎつぎに繰りだされる長短さまざまな詩行の韻文と、それに挿し挟まれるさまざまな性格の散文によってなされる。韻文と散文の混淆体は、ともすれば飛翔しようとする韻文の想像力に散文の現実を錘をつけるためか。あるいはそれは「歌と現実の同時進行」(入沢康夫『漂ふ舟』)ということだろうか。韻文と散文の融合した新しいスタイルの模索はキュリー夫人のラジウム発見に重ね合わせて、第四巻二節に語られる。いっぽう部分と部分とをつなぐ論理の糸は、現実の日常の思考のそれを忠実に反映していて、か細くて、しかもよく切れる。

ときにまるでことばの尻取りのようにしてつながることもあり(三二二ページ)、話が少々アブナクなったり(六三ページ)、行き詰まったりすると(五四ページ)、論理の糸を意志で中断させることもある。その連鎖を手繰って読んでいくのもこの詩編の楽しみかたの一つかもしれない。

その雑多なごった煮状から、たぶん最も大きな部分を占めていると思われるものを三つ仮に主題として、本論の表題にも掲げて、以上簡単に触れてきた。すなわち書くこととアメリカと女性とである。最後の主題は性と言ってもよし、人生と言ってもいい。もちろんその三つの主題はそれぞれに遊離して叙せられるのでなく、たがいに有機的に結びついており、ほぼつねに同時的、重層的に処理されている。詩編中最もまとまりがあり、最も読みやすいと思われる第四巻の「田園牧歌」と題する一節を例に取るならば――未読で、ほんの一部だけ覗いてみるだけでよいと思う人には、軽やかで滑稽なこの節を読むことを薦めるが――その「劇」中で、まさに「田園牧歌」を書くことが進行中なのだが、しかしフィリスとコリドンのあいだに言葉のコミュニケーションは成立していないし、数人の登場人物のどのふたりのあいだにも真の愛が成就することがない。それはそのまま現代アメリカ社会の不毛を告発するものになっている。

そしてこれらの主題の処理にあたって、ウィリアムズにはつねに一つの提言がある。この提言が、この提言を主張する姿勢が、あるいはこの提言の思考パタンが、全編を統べているように考えられる。それは第一巻の冒頭近くで告げられる「事物を離れて観念はない」(一七ページ、他数箇所)の宣言である。そしてその対立者の幸福な合致の状態が詩編各所で「結婚」の語で表され、不幸な離反が「絶縁」と告発される(原語はディヴォース、すなわち離婚。狭義に取られないように、訳書では絶縁の語を使った)。その宣言はそのままの意味でもあり、いっぽう適用の範囲を拡げることもできる。たとえば「土地を離れて詩はない」のであり、したがって『パターソン』全編にかれのエリオットやエズラ・パウンドのヨーロッパ脱出が不毛の観念である批判が繰りひろげられ、詩の用語たるべきアメリカ語の模索が行われる。また、「現実を離れて理論はない」のであり、したがってたとえば

第一巻の二節、三節に見られるように、現実を遊離した学問あるいは学者に対する批判は痛切をきわめるし、第四巻二節後半にパウンド譲りのパウンドばりの新経済学——貨幣学とコスト論——の開陳があるし、「図書館」と題する第三巻——五巻から成る本書の圧巻——の一節では風でもって、二節では火をもって、三節では洪水でもって、図書館を徹底的に壊滅させてしまう。誤解されないように付言するが、ウィリアムズが壊滅させている のは図書館でなく、図書館の絶縁の状態である。「図書館はものを言わず死んでいる」(二一九ページ)——その状態を壊滅させようとしている。そしてたぶん「肉体を離れて愛はない」——「……貞節な女は/愛するひとに身を任せるものだ/——すぐにでも」(四〇〇ページ)。

『パターソン』は、小事から大事にかけて、即物的な些事から抽象的普遍にかけて、じつに多くのことを雑然と言っている。それは現実の混沌、あるいは現実の混沌を忠実に反映しているからにほかならない。しかしこうして見てくると『パターソン』全編に多様な変容を重ねながら、アメリカのすべてのコインにも刻まれている「多から一へ」よろしく、一つのことを言っている——一つのことしか言っていない——ようにも思われてくる。ウィリアムズ自身、『パターソン』巻頭にモットーの形で「多様化を経た一への帰結」がこの詩編の目論見であることを掲げている。

〈後記〉 小文は、一九九四年十二月日本アメリカ文学会東京支部のシンポジウムで『パターソン』の概要を語ったものに基づいている。ちなみに討論者は、発言順に、原成吉、小泉由美子、城戸朱理の諸氏だった。表題も同一である。その席で冗談に言ったことだが、この三つの主題を表題にしたわけは、それがアメリカ文学会会員全員の共有する最大の関心事だからである。幸いにして入りは多かった。

この三つでは、現代アメリカ詩人すべてが共有する関心であって、ひとりの詩人の特質をなにも説明したことにはならない、という反論もあろう。それに対してはその通りだと答えて、ウィリアムズもまた、きわめて個別的な記述に発して、それほどに包括的で普遍的な主題を持っていたのだ、と言おう。

(「現代詩手帖」一九九五年二月号)

解説・年譜

解説

原 成吉

ウィリアム・カーロス・ウィリアムズの詩人としての生涯は、最初の詩集（一九〇九年）から最晩年の『ブリューゲルの絵』（一九六二年）まで、半世紀の長きにわたる。晩年になるまでウィリアムズは、二十世紀のアメリカ詩が自分の考えていたのとは別の道を歩んだことに苛立ちをおぼえていた。

たとえばT・S・エリオットの『荒地』（一九二二年）について『自伝』のなかで次のように回想している。

『荒地』によって、私たちの世界は一掃されてしまいました。まるで原子爆弾が落とされたみたいに、それは未知の世界へ勇敢に出撃しようとしていた私たちを木っ端微塵にしてしまったのです。

とりわけ私にとって、それは嘲笑的な弾丸でした。ああ、お陰で二十年逆戻りだ、と思いました……。批評的にみれば、エリオットによって大学の教室へ連れ戻されたのです。ちょうど、私たちがいま立っている土地に根ざした、そこから生まれる新しい芸術形態に近づこうとしていた、まさにそのときに……。

エリオットの『荒地』は現代詩の古典となり、その詩学が第二次大戦後まで、詩や批評界に大きな影響を与えてきたことは周知のとおりだ。一方、ウィリアムズは五〇年代までアカデミズムからは正当な評価を得ることはなかった。しかし晩年になると、ウィリアムズが生涯をかけて創造しようとした「アメリカ詩」という考えに共感し、彼を師と仰ぐ詩人たちが現れる。チャールズ・オルスン、ロバート・ロウエル、アレン・ギンズバーグ、ロバート・クリーリー、デニーズ・レヴァトフといった詩人たちである。こういったアメリカ現代詩の二世代、三世代目の詩人たちが、一九六〇年代以降の多様でエネルギッシュな詩のスタイルを確立したといえるだろう。現在ではウィリアムズは、パウンドやエリオットと並ぶ二十世紀アメリカ詩の巨匠の一人となっている。

ウィリアムズは、ニュージャージー州のラザフォードという小さな町に、移民の第二世として生まれた。そのころのラザフォードには、現在のようなフリーウェイはなく、町を取り囲むように農場が広がっていた。もちろん、ガス、電気、電話、水道、そして公共の乗り物すらなかった。両親がそこに落ち着いたのは、詩人が生まれる前の年のことだ。

父親のウィリアム・ジョージ・ウィリアムズは、イギリスで生まれたが、父親が家庭を捨てたため、五歳のときに母のエミリーと一緒にアメリカへやって来た。(「イギリス生まれの祖母が言った最後の言葉」(四七‐四八ページ)とはこのエミリーのこと。)アメリカでエミリーは再婚し、息子のジョージを連れて現在のドミニカ共和国のサントドミンゴへ移住する。ジョージはカリブ人の中で育ち、そこでプエルトリコの女性レチエル・エレナ・ホエブと出会い、結婚する。(「エレナ」(七三‐八一ページ)という詩で歌われているのは、詩人の母親だ。)ウィリアムズは、母方のスペイン系の血筋を表す「カーロス」というミドル・ネームが自慢だった。

エレナは、スペイン語が母語、フランス語も話したが、英語は片言しか話さなかった。夫ジョージもスペイン語に堪能だった。ニュージャージーで育ったウィリアム・カーロスは、家ではスペイン語、フランス語、そして英語を耳にしていたことになる。父親は、ニューヨークにある香水販売の会社に勤めていて、出張で家を空けることが多かったので、祖母のエミリーが詩人に英語を教えた。詩人の母親は英語が嫌いだったからだ。

詩人の弟エドガーは、後に著名な建築家になるが、兄のカーロスとは、十三カ月しか離れていなかった。大学を卒業すると、二人はシャーロット・ハーマンという同じ女性と恋に落ち、恋敵になってしまう。内気な兄は弟に、彼女がどちらを結婚相手に選ぶか聞いてくれと頼む。彼女は弟のエドガーを選ぶが、後にその婚約は解消される。そして未来の詩人は彼女の妹フローレンス(フロス)と結婚することになる。二人の結婚生活は危機はあっても、詩人がこの世を去るまで続いた。

ウィリアムズは子どものころから、ラザフォード周辺の湿地を歩き回り、そこに生息する野生の草花や小鳥の生態を調べたり、その名前を覚えたりするのが大好きだった。こういった観察力は、ウィリアムズの作品のいたるところに見られる。

兄弟が十三、四歳のころ、母親は二人を連れてスイスのジュネーヴへ出かけた。一年間そこの学校へ通い、フランス語を磨くのが目的だった。ところがその学校の生徒たちは英語を話したがったので、この計画はあまりうまくはいかなかった。その後パリの学校に半年通い、一八九九年の初めに三人はアメリカに戻り、兄弟はニューヨークにあるホレイス・マン高校へ通い始める。毎朝六時に起きて、急いで朝食を食べ、七時十六分発の列車に乗り、ジャージー・シティのフェリー乗り場へ行く。当時はまだハドソン川には橋もトンネルもなかった。そのフェリーはマンハッタンのダウンタウンに着く。それから、まだ電化されて間もない高架鉄道に乗ってアッパー・ウエストサイドまで行き、そこからモーニングサイド・ハイツへ急ぎ足で向かう。これで九時に始まる一時間目の授業に間に合う。ウィリアムズに医者になるよう勧めたのは、母のエレナだった。詩人のミドル・ネーム「カーロス」は、プエルトリコで医者をしているエレナの兄に因んで付けられた名前だ。

一九〇二年、十九歳のとき、ペンシルヴェニア大学でエズラ・パウンドと運命的な出会いをする。ウィリアムズはパウンドと、詩のあり方について激論を戦わせたり、ときには彼のユダヤ人差別に業を煮やすこともあったが、生涯の友人となった。ペンシルヴェニア大学在学中には、H・D・(ヒルダ・ドゥリトル)といった詩人や、画家のチャールズ・ディーマスとも知り合うことになる。ニューヨークのメトロポリタン美術館にあるディーマスの代表作の一つ、「ぼくは見た金色の5を」は、ウィリアムズの詩「巨大な数字」(二八-二九ページ)から着想を得た絵画である。

出会って数年後にパウンドは、アメリカを離れロンドンに落ち着き、そこで「モダニズムの興行師」として頭角を現すことになる。

一方、ウィリアムズは大学卒業後、ニューヨークで三年間のインターンをした後、ドイツのライプチヒで小児科学を学ぶ。その途中、ロンドンにパウンドを訪ねた。この旅行の直前に最初の『詩集』を二百部印刷し、ラザフォードのニュース・スタンドで発売することになるが、売れたのは四冊だけで、総売上は一ドルだった。友人に数冊贈ったが、残部をしまっておいた倉庫が火事で焼けてしまい、詩集は灰となった。ウィリアムズは、この古めかしい「詩的」な作品が気に入らなかったとみえて、そのほとんどを再版させなかった。

(アメリカでは、二〇〇二年にこの詩集のリプリント版が出たが、ウィリアムズの判断は正しかったことがうかがえる。)

もちろんロンドンにいるパウンドにもこの処女詩集を送った。パウンドは友人の才能は認めながらも、この類の詩はこれまでたくさん書かれてきたもので、新鮮さに欠けると手紙でやんわりと諭し、現代詩人にとっての必読書一覧を送ってきた。ウィリアムズはこの時は感謝するが、その後五十年間も「先生」からの宿題が続くようになると、さすがに苛立ちを隠せなくなってきて、「きみは医学についてどれだけわかっているか」とパウンドに返事を送るようになる。とはいえパウンドは、ウィリアムズの次の詩集『気質』の出版社をロンドンで見つけてくれた。当時のアメリカでは、現代詩の出版社を見つけることは、至難の技だった。出版社が「現代詩」を嫌うのは、韻律や弱強の規則的なパターンを持つ伝統的な詩とは違っていたからだ。この時代の多くの読者は、何らかの韻律によって書かれたものが詩だと考えていた。ところが新しい詩人たちは、つねに脚韻を気にしながら詩行を書けば、不必要な言葉を使うことになり、自分の想いが伝えられないと考えていたし、伝統的な韻律は退屈で時代にそぐわないものだとも感じていた。時代に合った詩形(フォーム)を創造することが重要であり、読者を驚かせることが彼らの狙いだった。このあたりの事情は、定型を捨てることから始まった日本の現代詩にもあてはまる。

一九一〇年に医師開業免状を手にしたウィリアムズは、医者になる。その二年後、弟と取り合ったシャーロットの妹フロスと結婚し、二人はラザフォードの中心に位置するリッジ・ロード九番地に引っ越した。ウィリアムズはこの家で一生を送ることになる。診察室として一部屋増築し、小児科を専門とする開業医となった。一九五一年に引退するまでに、取りあげた赤ん坊は三千人になるというから驚きだ。彼はニューヨークで高給取りの専門医として働くこともできたが、あえて地元での開業医の道を選んだ。高い医療費を請求しておきながら、患者は二の次といった当時の医療業界のあり方に批判的だったことが、ウィリアムズが町医者になった大きな理由の一つだった。一九三〇年代の大恐慌の時代には、ウィリアムズは、診察代の払えない患者を無料で診てあげたという。彼は医者という職業が気に入っていたし、その経験が作品を書くうえでの大きな力になっていることもわかっていた。しかし、診察や手術や近隣の病院の巡回などで疲れ果て、書きたいときに書けないという現実に、ときには苛立ちを覚えたこともあっただろう。詩人の死後、わたしがリッジ・ロード九番地を訪ねたとき、小児科医を継いだ長男のエリック・ウィリアムズは、「食事のときもテーブルの脇には電話があって、急患の知らせが入れば、親父はすぐに出かけていった。あの忙しい生活の中でよくあんなに作品が書けたものだ、驚きだね」と話してくれた。

ウィリアムズの作家仲間は、なぜ彼が小さな町に住みたがるのか理解できなかったようだ。パウンドはことあるごとにヨーロッパへ来い、とウィリアムズを誘った。この詩集に収められた作品からもわかるように、自分の家や庭、往診の道すがら目にする人たちやその暮らしぶりについて書くことはいくらでもある、と彼は考えていたに違いない。たとえば、「ごめんなさい」(三九ページ)というユーモラスな作品は、夜中の往診から朝方帰ってきたウィリアムズ先生が、妻のフロスが朝食用にとっておいたプラムを思わず食べてしまい、食べ終わってから、その「おいしさ」を独り占めして「ゴメン」という「ちょっと一言」の詩だ。この作品はウィリアムズの日常そのものだ。とはいえ大都市ニューヨークは、バスや電車で三十分の距離にあったので、時間の空いた午後や週末にはニューヨークへ出かけ、最新の絵画を見たり、仲間の芸術家を訪ねることができた。

ウィリアムズはおそらく母親の影響もあって、絵画に深い関心を寄せていた。医者がイーゼルとパレットをいつも持ち歩くことができるなら、詩人ではなく、画家になってもいいと考えたこともあった。しかしそれができなかったので作家になった。そして、往診途中の車の中や診察の合間などに目にした出来事や頭に浮かんだ詩の一節などを、処方箋に書き留めた。一九一三年にニューヨークで「アーモリー・ショー」(国際絵画彫刻展)が開催され、フランスやスペインの前衛絵画がアメリカの大衆に初めて紹介された。芸術とは縁のない人びとの中で医者として忙しい日々を送っていたウィリアムズは、心穏やかでなかった。このころから週末になるとニューヨークへ出かけ、写真家のアルフレッド・スティーグリッツのスタジオやアルフレッド・クレイムボーグが主宰する文芸雑誌「アザーズ」の集まりに参加するようになる。まだ自分の詩のスタイルを模索していた当時のウィリアムズは、ヨーロッパの新しい芸術家から刺激を受けるようになる。パリへの憧れはあるが、アメリカを捨て、パウンドのようなエクザイルの文学者を志す決心はできなかった。だからウィリアムズは通いのモダニストになった。彼の関心は、いま自分がいる場所で、どうすれば新しいアメリカ詩が創造できるかにあった。

だから一九一〇代の初めに、絵画から着想を得た「イマジズム」という詩の運動についてパウンドから聞かされたとき、大いに興味をもったのもうなずける。

ここで二十世紀英米詩の始まりとされる「イマジズム」運動とウィリアムズの関係をみておきたい。一九一三年にシカゴの「ポエトリー」誌に最初に発表されたパウンドによるイマジストの「禁止条項」は、ウィリアムズを彼独自のアメリカ詩発見へと導くきっかけとなった。(一)事物をじかに扱うこと(二)不必要な言葉は使わないこと(三)メトロノームではなく、多様なリズムを用いること。パウンドはこれを書いたとき、その当時の過度に装飾的で感傷的なイギリス詩からの決別を考えていた。しかしこの三原則は、大西洋を隔てたウィリアムズにとっては、アメリカの事物やその話し言葉を自分の作品に取り込むのにお誂え向きだった。彼にとっての「事物」は、旧大陸とは異なるアメリカ固有の事物である。その表現方法が重要であって、扱う事物それ自体が詩的であるか否かはどうでもよい。たとえば、「ビンのかけら」(四六 - 四七ページ)からでも、緊張感に満ちた作品は生まれる。詩の素材としてみれば、アメリカの現代的風景はヨーロッパの歴史的風物にひけを取りはしない。「自然界の事物は、それ自体でシンボルたりえる」というパウンドの主張は、言葉が背負わされてきた歴史的象徴性から詩を解放したいと考えていたウィリアムズを勇気づけたにちがいない。

無駄な表現を徹底的に削り落とした言葉、伝統的韻律に代わる詩の新しい構成法を求めたイマジズム運動をきっかけにして、ウィリアムズはアメリカ口語の持つ、飾り気のない直接的な表現法とスタッカートな詩行が構成するスタンザ・フォームを創造してゆくことになる。この詩形が、事物にじかに触れることによって得られる驚きや感動、すなわちセンセーションを伝えることになる。「事物を離れて観念はない」というウィリアムズ詩学のルーツはここにある。

パウンドは、「同時代性」を伝えるフォームの発見において、詩が絵画に比べると遅れていることに気づき、言葉による絵、すなわちイメージ主体の詩の必要性を感じていたためイマジズム運動を推進したとも考えられる。ピカソやブラックが始めたキュービズムの絵画とイメージを重置するイマジズムの詩に、同質の美学を見つけるのはさほど難しいことではない。

一方、ウィリアムズは第一次大戦をのがれてニューヨークにきていたヨーロッパの前衛芸術家たちからも刺激を受けていた。なかでもマルセル・デュシャンの因習打破を目指した「レディメイド」の芸術観に自分の詩学と同質のものを感じていたようだ。デュシャンは、その日最初に目にとまったものを芸術作品に変える試みを行った。たとえば、金物屋にあった「雪かき用シャベル」をアトリエに持ち帰り、それを壁に掛け、「壊れた腕に先んじて」というタイトルの芸術作品に変えた。こうしたデュシャンの創作方法は、ウィリアムズを魅了した。長篇詩『パターソン』は、現実に詩人が発見した「レディメイド」、すなわち数多くのドキュメントから構成されている。ここに収録した「第三巻」の「図書館」には、一九〇二年に起きた「パターソンの大火」の記録が使われている。しかし、それは「美しいもの」を発見するための破壊と創造のプロセスという文脈においてだ。もちろん読者は、火事についてのドキュメントを読むのではなく、破壊と創造のプロセスを体験することになる。

ウィリアムズの日常に話しを戻そう。彼は裕福とはいえないが医者だったので、パウンドのようにペンだけに頼って生活費を稼ぐ必要はなかった。だから好きなものを、どのようにでも書く自由があった。出版社や文芸雑誌に原稿を送っても不採用の返事が返ってくることがしばしばだった。そこでウィリアムズは友人たちと「リトル・マガジン」を創刊した。その一つに、小説家ロバート・マコールモンと始めた「コンタクト」誌がある。前衛作家には当たり前のことだが、自費出版を余儀なくされ、ときには新しい芸術に理解を示してくれる金持ちのパトロンに援助を求めることもあった。ウィリアムズの作品は、最初にこのようなリトル・マガジンに発表されたものが多い。

一九二〇年代には、米ドルの購買力に物を言わせてアメリカの多くの芸術家がヨーロッパへ出かけていった。ウィリアムズは孤独感と失望感にさいなまれることになる。アメリカの詩は、アメリカという国の歴史的・社会的・政治的・文化的状況を反映していなければならない。したがって、ヨーロッパの伝統主義によって書かれた詩が持つ「完成度」などなくて当り前、とウィリアムズは考えていた。しかし同時にその詩は、モダニズムの国際的基準にかなったものでなければならない。ホイットマンの想い描いたアメリカを、時代に即した新しい詩形(フォーム)で歌うこと、これがウィリアムズの「アメリカニズム」だ。モダニズム運動の中心にいたパウンドから最新の情報を得ていたのは事実だ。しかしウィリアムズがパウンドやエリオットを批判した理由は、アメリカを文化的に「半ば野蛮な国」と見捨て、ヨーロッパへ先祖帰りして、自分の文化について書こうとしないその姿勢にあった。

三番目の詩集のタイトルを決めかねたウィリアムズは、友人の詩人マリアン・ムアにこんな手紙(一九一七年二月二十一日付)を送っている。

つまらないことで悩んでいます。あなたならたぶんウィンク二つで決めてくれると思って手紙を書いています。……ぼくは、「詩集——読みたい人へ! あるいは、民主主義の喜び」という複合的なタイトルが気に入っているのです。でも、出版社が承知してくれません。さてどうしたものでしょう。

ごく少数のわかってくれる読者だけにむけて詩を書きたいモダニスト詩人、それとは反対に大衆の声を代弁する民衆詩人、同時にこの二つになりたいというウィリアムズの願いが、ムアに宛てたこの手紙に表れている。タイトルはスペイン語表記の前者に決まったが、このエピソードは彼の作品を理解する手がかりになる。つまり、詩の形態においては実験的で風変わりなスタイル、しかしテーマはアメリカの日常生活から離れることのない、誰もが共有しているものというわけだ。

ウィリアムズの「アメリカニズム」は、「いま、ここ」

の視点からアメリカを捉え直すことにあった。散文作品『アメリカ人気質』（一九二五）で、彼はアメリカの歴史を掘り起こし、その特質を互いに相反する二つの精神として論じている。一つは、ヨーロッパ的な価値観を捨て、新たな目でアメリカという環境を捉え自己を創造しようとする精神、もう一つは、ヨーロッパ的な価値基準によって、未知の世界を支配しようする精神である。当然のことながら、この中には痛烈なピューリタン精神への批判がみられる。出版当時は、D・H・ロレンスを除けば好意的な批評は無いに等しかったが、現在の視点からみれば、アメリカにおける「多文化主義」の先駆的な作品といえよう。この考え方が長篇詩『パターソン』の思想的な基盤となっている。

ウィリアムズは、『アメリカ人気質』以降、四半世紀以上にわたってこの詩集にあるような彼独自の作品を書き続けた。晩年になってラザフォードの町医者は、アメリカ詩の守護神となった。もちろんウィリアムズは、自分一代で彼の考えるアメリカ詩が誕生するとは思っていなかった。オルスンの「投射詩論」（一九五〇）が発表されたとき、『自叙伝』の一章を充て、その紹介に努めた。

また、二十世紀アメリカ詩の傑作の一つ、ギンズバーグの『吠える』の序文に、「ご婦人方よ、ドレスの裾を絡げなさい、我々は地獄を通るのだから」と書き、ビート詩を世に送り出した。ウィリアムズがいなかったなら、現在のアメリカ詩は違ったものになっていたことだろう。「あなたに分かる／詩を書きたかったのです。／だってあなたに分からなかったら／何の意味がありますか？／でも一生懸命読んで下さいよ――」（一三ページ）という言葉は、彼の詩人としての願いであった。

この訳詩集が、アメリカ詩の根につながり、そこから新しい芽が生まれることを期待したい。

後記

この訳詩集の編纂にあたっては、畏友デイヴィッド・W・ライトさんと訳者のひとりである江田孝臣さんに大変お世話になりました。お礼申し上げます。この二人のウィリアムズ・フリークスと一緒に一字一句議論しながら、感動を新たにしたことは忘れられません。その感動が少しでも読者に伝われば編者としては望外の喜びです。

年譜

一八八三年
九月十七日、ニュージャージー州ラザフォードで、父ウィリアム・ジョージ・ウィリアムズと、母ラケル・エレーヌ・ローズ・ホヘブ・ウィリアムズの長男として生まれ、アメリカ移民二世として育つ。父ジョージはイギリス生まれ、西インド諸島育ち、オーデコロン製造会社に勤める一方、ラザフォードにユニテリアン教会を設立、日曜学校の教区監督を務める。プエルトリコ出身の母エレナはスペイン語、フランス語に堪能（エレナの母はフランスからの移民、父はオランダにルーツのあるユダヤ人）。年少の頃、両親の会話はほとんどスペイン語だった。エレナは霊媒的資質を持っていたため、時々息子たちの前でトランス状態に陥り、死んだ過去の人間が彼女の口を借りて喋りだすこともあった（「馬の品評会」参照）。

一八八九年 **六歳**
ラザフォードの公立小学校で八年間学ぶ。

一八九七年 **十四歳**
一歳下の弟エドガーと、ジュネーブ郊外にあるシャトー・ドゥ・ランシー校へ留学。その後パリのコンドルセ国立高等中学校で六ヶ月間学ぶ。

一八九九年 **十六歳**
ニューヨーク市のホレイス・マン高校に入学。詩に興味を持ち始める。キーツがお気に入りだった。最初に関心を抱いたアメリカ詩人はホイットマンであった。

一九〇二年 **十九歳**
ペンシルヴァニア大学医学部在学中、二歳年下のエズラ・パウンドと知り合う。後にこの出会いを「紀元前と紀元後の違い」と語る。

一九〇五年 **二十二歳**
パウンド宅のパーティで三歳年下のH・Dと出会う。

一九〇六年 **二十三歳**
ニューヨーク市のフレンチ病院でインターンを始める。

一九〇八年 **二十五歳**
チャイルズ病院で産科と小児科のインターンを始める。

一九〇九年 **二十六歳**
チャイルズ病院を辞職。近所の印刷業者に、『詩集《ポエムズ》』

(*Poems*)を廉価で印刷してもらう。ドイツのライプチヒに留学し、小児科学を学ぶ。フローレンス・ハーマン(フロス/フロッシー)と知り合い、求婚する。

一九一〇年 **二十七歳**

三月、ロンドンでパウンドとイエーツに会う。その後パリ、ローマへ旅行。古びた欧州よりもアメリカに愛着を持っていることを再確認。コロンブスが「アメリカ発見」の航海に出発した地パロスを訪れる。九月、ラザフォードで医院を開業する。

一九一二年 **二十九歳**

十二月、フロスと結婚。両親の家の隣のアパートで暮らす。ラザフォードの公立校の校医となる。

一九一三年 **三十歳**

前年十月にシカゴで創刊されたハリエット・モンロー編「ポエトリー」誌に作品が掲載される。パウンドの紹介で詩集『気質《テンパーズ》』(*The Tempers*)がイギリスで出版される。母エレナの兄カーロスへ献辞。リッジ・ロード九番地へ引っ越す。

一九一四年 **三十一歳**

一月、長男ウィリアム・エリック・ウィリアムズ誕生。

この年を境に絵を描くのをやめる。パウンドが編集したアンソロジー『イマジスト詩集』に作品が掲載される。

一九一五年 **三十二歳**

マリアン・ムーア、ウォレス・スティーヴンズ、マルセル・デュシャンらの「アザーズ」誌のメンバーと会う。ニューヨークの劇場で、クレイムボーグ作「リマ・ビーンズ」に出演。ミナ・ロイが妻の役を演じた。

一九一六年 **三十三歳**

九月、次男ポール・ハーマン・ウィリアムズ誕生。

一九一七年 **三十四歳**

『読みたい人へ』(*Al Que Quiere*)を出版。マーガレット・アンダーソンが一四年にシカゴで創刊した「リトル・レヴュー」誌に作品が掲載される(七月号)。

一九一八年 **三十五歳**

クリスマスに、父ジョージ、結腸癌のため死去。

一九二〇年 **三十六歳**

『冥界《めいかい》の乙女《おとめ》』(*Kora in Hell : Improvisations*)を出版。「コンタクト」誌をロバート・マコールモンと共に編集(二三年まで)。雑誌名は、飛行機が大地に再び戻り着陸する瞬間を意味し、「自分が生まれた土地と接触《コンタクト》する体験」を示唆したもの。父方の祖母エミリー・ディキンソン・ウェルカム死去（「イギリス生まれの祖母が言った最後の言葉」参照）。スペイン語が飛び交う家庭の中で育ったWCWに英語を教えたのは祖母であった。

一九二一年　三十七歳

『負け惜しみ』（*Sour Grapes*）を出版。

一九二三年　三十九歳

『春のいろいろ』（*Spring and All*）が、フランスにいるマコールモンの手により出版された。チャールズ・ディーマスに献辞。アメリカに送られたこの詩集のほとんどが、海外出版のためアメリカの風俗を乱す恐れありとの判断により、税関当局に没収される。完全版が読めるようになったのは、WCWの死後十年たってから。

一九二四年　四十歳

一月から六月まで、妻フロスと、三度目のヨーロッパ旅行（仏、英、伊、オーストリア、スイス）。パウンド、ジョイス、ヘミングウェイ、ブランクーシ、ガートルード・スタイン、マン・レイ、デュシャン、ミナ・ロイ、シルビア・ビーチ、ルイ・アラゴン等に会う。パウンドとは十三年ぶりに再会。ウィーンでは一カ月間、小児科病院で研修を受ける。秋、母エレナがWCWの自宅二階に引っ越してくる。

一九二五年　四十一歳

『アメリカ人気質』（*In the American Grain*）を出版。H・Dの『全詩集』に序文を書く。開業医を続ける一方、パターソン近郊にあるパセイック総合病院に小児科医として勤める。

一九二六年　四十二歳

WCWのモットー、「事物を離れて観念はない」（"No idea but in things"）が最初に登場する短詩「パターソン」を書く。『パターソン』第一巻にも再登場する。

一九二七年　四十三歳

「ダイアル賞」を受賞。二人の息子をスイスの学校へ留学させる。九月十三日、夫婦で息子を連れて欧州へ。これが欧州への最後の旅となる。

一九二八年　四十四歳

パウンドの紹介で当時二十三歳のルイス・ズーコフスキーに会う。「エグザイル」誌第四号（最終刊）に詩が掲載される。七月半ば、息子二人と妻フロス帰国。E・E・カミングスを自宅に招く。

一九二九年　四十五歳

ハート・クレインに初めて会う。

一九三一年　四十七歳

パウンドの薦めにより、「ポエトリー」誌がズーコフスキー編「オブジェクティヴィスト」を特集。WCWやケネス・レクスロスらの詩を掲載した。

一九三四年　五十歳

『全詩集一九二一―一九三一』を出版。ウォレス・スティーヴンズが序文を書く。パウンドの影響を受けC・H・ダグラスの社会信用論に関心を持つようになり、「ニュー・デモクラシー」に寄稿する。

一九三五年　五十一歳

『早すぎた殉教者』(*The Early Martyr*)を出版。

一九三六年　五十二歳

『アダムとイヴと都市』(*Adam and Eve & The City*)を出版。翌年出版された三部作小説の中で、父は「アダム」、母は「イヴ」という名で登場している。

一九三七年　五十三歳

妻フロスの家系をめぐる三部作小説の一作目『ホワイト・ミュール』(*White Mule*)が出版される。フロスの家系はドイツ系移民長老派である。

一九三九年　五十五歳

四月、第二次世界大戦を回避するよう上院議員を説得するためアメリカに一時帰国していたパウンドに会う。六月、パウンドがWCW宅に滞在する。

一九四〇年　五十六歳

当時三十二歳だったW・H・オーデンと共に、詩の朗読会を行う。三部作小説の二作目『成功して』(*In the Money*)が出版される。

一九四一年　五十七歳

ラジオ放送でローズヴェルト非難や通貨制度の改革、ユダヤ人問題を語るパウンドが「ラザフォードのWCW医師なら私の言うことを理解してくれる」と発言。FBIから調査を受けることとなる。

一九四二年　五十八歳

『パターソン』で「クレス」として登場した女性詩人マーシャ・ナーディと出会う。

一九四四年　六十歳

『くさび』(*The Wedge*)を出版。

一九四五年　六十一歳

五月、パウンドが反逆罪で逮捕される。WCWはパウンドの誤りを認めながらも助命を主張。

一九四六年 **六十二歳**

『パターソン』第一巻「巨人の輪郭」刊行（一巻から五巻まですべてジェームズ・ロックリンが立ち上げたニュー・ディレクションズより出版。現在WCWの大半の著作はNDから出版されている）。ヘルニアのため二度手術を受ける。十二月、パウンドは「精神異常」と認定され、ワシントンの聖エリザベス病院に収容される。WCW、トルーマン大統領にパウンドを精神病院に拘束するのは正当ではないと訴える。

一九四七年 **六十三歳**

パウンドへの訪問を躊躇っていたが、収容されてから一年後に初めて面会。

一九四八年 **六十四歳**

『パターソン』第二巻「公園の日曜日」刊行。『雲』(*The Clouds*) を出版。二月中頃、最初の心臓発作。六週間の安静を命じられる。エリオットと初めて会う。「ボリンゲン賞」第一回目の受賞作はパウンドの『ピサン・キャントウズ』。『パターソン』第二巻は次点であった。秋、パセイック総合病院を辞職。

一九四九年 **六十五歳**

『パターソン』第三巻「図書館」を出版。「理想の女性」「何よりも大切な宝」と呼んでいた母エレナが死去（享年百二歳）。晩年の介護を近くに住むテイラー夫妻に委ねていたが、WCWは毎日会いに行っていた（「エレナ」参照）。

一九五〇年 **六十六歳**

『選詩集』と『パターソン』第三巻で全米図書賞を受賞。三月、アレン・ギンズバーグから最初の手紙。十月から夫妻で西部や南部へ向かう。途中リード・カレッジで詩の朗読と講演、学生の中にはゲーリー・スナイダー、フィリップ・ウェーレン、ルー・ウェルチがいた。妻、そして当時ニュー・メキシコ州タオスに暮らしていたロバート・マコールモンらと共にテキサス州エルパソから国境を越え、フアレスを訪れる（「砂漠の音楽」参照）。

一九五一年 **六十七歳**

『パターソン』第四巻「海への流入」、『自伝』を出版。三月、最初の脳卒中に見舞われる。医者を引退。長男が自宅の病院を引き継ぐ。

一九五二年　**六十八歳**

四月、卒中の後遺症による視力障害で書けない状態が続く。八月、二度目の発作。右上半身麻痺、言語・視覚障害。三部作小説の三作目『築き上げる』（*The Build-up*）が出版される。

一九五三年　**六十九歳**

心臓発作を起こし、鬱病が悪化したためロングアイランドの精神病院に入院。「ボリンゲン賞」受賞。

一九五四年　**七十歳**

春、退院。『砂漠の音楽』（*The Desert Music*）を出版。

一九五五年　**七十一歳**

『愛への旅』（*Journey to Love*）を出版。アレン・ギンズバーグの『吠える』（*Howl*）の序文を書く。アメリカの各地の大学で朗読、講演を行う。春、二十七歳のロバート・クリーリーがＷＣＷ宅訪問。

一九五六年　**七十二歳**

『はい、ウィリアムズ夫人』（*Yes, Mrs. Williams : A Personal Record of My Mother*）を出版。

一九五七年　**七十三歳**

ミシシッピーを下る三週間の旅。ロウエルの『人生研究』（*Life Studies*）の草稿を読み、伝統的詩作方法からの脱却を喜ぶ。

一九五八年　**七十四歳**

『パターソン』第五巻出版。五月、パウンドは十二年間に及ぶ聖エリザベス病院での幽閉生活から解放され、アメリカ最後の日をＷＣＷ宅で過ごす。十月、六年ぶりに三度目の発作。右半身の麻痺が進む。

一九五九年　**七十五歳**

戯曲「たくさんの愛」(Many Loves) が上演される(四一年作)。十一カ月で二一六回上演。六一年に再演。欧州でも上演された。

一九六二年　**七十八歳**

四十八冊目の本『ブリューゲルの絵、その他の詩』(*Pictures from Breughel and Other Poems*) を出版。

一九六三年　**七十九歳**

三月四日、脳溢血を引き起こし、ラザフォードで死去。二カ月後に、『ブリューゲルの絵、その他の詩』でピューリッツアー賞を受賞。

（国見晃子編）

海外詩文庫15

ウィリアムズ詩集

編訳者

原 成吉

発行者

小田啓之

発行所

株式会社 思潮社

〒一六二―〇八四二 東京都新宿区市谷砂土原町三―十五

電話〇三（五八〇五）七五〇一（営業）

〇三（三二六七）八一四一（編集）

印刷・製本

創栄図書印刷株式会社

発行日

二〇〇五年七月一日 初版第一刷 二〇二四年八月一日 第二刷

海外詩文庫

1 シェイクスピア詩集　関口篤訳編
2 ディキンスン詩集　新倉俊一訳編
3 ボードレール詩集　粟津則雄訳編
4 オーデン詩集　沢崎順之助訳編
5 ホイットマン詩集　木島始訳編
6 ヴェルレーヌ詩集　野村喜和夫訳編
7 現代中国詩集　財部、是永、浅見訳編
8 カミングス詩集　藤富保男訳編
9 イエーツ詩集　加島祥造訳編
10 ハーディ詩集　大貫三郎訳編
11 パウンド詩集　城戸朱理訳編
12 ランボー詩集　鈴村和成訳編
13 ボルヘス詩集　鼓直訳編
14 ネルーダ詩集　田村さと子訳編
15 ウィリアムズ詩集　原成吉訳編
16 ペソア詩集　澤田直訳編
17 レクスロス詩集　ソルト、田口、青木訳編

英国文学の巨人の詩と戯曲。繊細な解説・原典引用付。
全ての女性詩人の栄光と悲惨を真実に著わした孤高の詩人。
「悪の華」「パリの憂鬱」他の新訳・名訳と秀逸な海外詩人論。
現代詩に最も影響を与えた詩人の最適の訳者による選詩集。
十九世紀米国を代表する詩人の全貌。全篇原文を収録。
日本近代詩にも深い影響を与えた詩人の抒情的な音楽の世界。
北島、芒克ら「今天」の詩人による、同時代の祈りと希望。
類まれなユーモアをリズミカルに翻訳。待望の一巻選集。
現代英国詩の大詩人の全貌を見事な翻訳で俯瞰する。
詩情溢れる翻訳で二十世紀の古典ハーディの魅力を探照。
永遠の放浪者パウンド。その優雅で凶暴な詩的実験。
新たな読解から神話に挑み、来たるべきランボー像を描く。
驚くべき博識と幻想世界。豊饒な詩空間への招待。
多彩な主張とスタイルを混在させるラテンアメリカの巨星。
アメリカ語の詩的可能性を追求した巨匠のエッセンスを凝集。
さまざまな異名で数多くの作品を残したポルトガルの代表詩人。
「ビートの父」として知られる二十世紀アメリカ詩人の軌跡。